# Víctíma de su encanto

This Large Print Book carries the
Seal of Approval of N.A.V.H.

# Víctíma de su encanto

## Natalie Stenzel

Thorndike Press • Waterville, Maine

Published in 2006 by arrangement with Harlequin Books S.A.
Publicado en 2006 en cooperación con Harlequin Books S.A.

Thorndike Press® Large Print Spanish.
Thorndike Press® La Impresión grande española.

The tree indicium is a trademark of Thorndike Press.
El símbolo del árbol es una marca registrada de Thorndike Press.

The text of this Large Print edition is unabridged.
El texto de ésta edición de La Impresión Grande está inabreviado.

Other aspects of the book may vary from the original edition.
Otros aspectros de éste libro podrían variar de la edición original.

Set in 16 pt. Plantin.
Impreso en 16 pt. Plantin.

Printed in the United States on permanent paper.
Impreso en los Estados Unidos en papel permanente.

---

**Library of Congress Cataloging-in-Publication Data**

Stenzel, Natalie.
    [Forget prince charming. Spanish]
    Victima de su encanto / by Natalie Stenzel.
        p. cm. — (Thorndike Press la impresión grande española = Thorndike Press large print Spanish)
      ISBN 0-7862-8692-X (lg. print : hc : alk. paper)
      1. Large type books.  I. Title.  II. Series: Thorndike Press large print Spanish series.  III. Series.
PS3619.T47648F6718 2006
  813′.6—dc22                          2006006546

# Víctíma de su encanto

# Capítulo 1

**A** la mierda el príncipe azul! Me quedo con la rana.

La irrupción de Haley Watson en Toy Boxx hizo repiquetear frenéticamente la campanita de la puerta. Furiosa, dejó el bolso bajo el mostrador, tomó una escoba y se puso a dar tales escobazos que varios fragmentos de enea salieron volando a derecha e izquierda.

Mascullando maldiciones, Haley miró por encima del hombro a Jennifer Grayson, su socia, que estaba atendiendo a un cliente, un joven rubio, cuando ella hizo su violenta entrada. Jen señaló la sección de muñecos de peluche y se acercó a ella.

—¿Problemas en el mundo de las hadas? —preguntó en voz baja.

—¡Ya te digo! —exclamó Haley, sin dejar de barrer.

—¿Qué ha pasado ahora?

—Lo mismo de siempre. Sales con un tío que parece una persona decente, te dice que está enamorado y, en cuanto te das la vuelta, se tira a su secretaria —Haley puntuaba sus palabras con enérgicos escobazos—. ¡Será gilipollas!

Al oír eso, el chico rubio se volvió, asombrado.

Sonriendo diplomáticamente, Jen le quitó la escoba de las manos y se la llevó a una esquina.

—Siéntate, anda.

Haley se dejó caer en una sillita de niño. Pero como era muy bajita, no parecía fuera de lugar.

—Bueno, a ver, ¿qué ha pasado?

Haley parpadeó furiosamente para controlar las lágrimas.

—Quería darle una sorpresa a Peter, así que pasé por su oficina a la hora de comer. Y lo encontré en su escritorio... encima de su escritorio, con su secretaria. Y tengo la impresión de que no estaban hablando de trabajo.

Jen abrió mucho los ojos.

—¿Peter? ¿Tu novio?

—¿El tipo que me había invitado a pasar un fin de semana con él en el lago? ¿El que decía estar enamorado de mí? Sí, ese mismo. Lo he pillado tirándose a su secretaria.

—Oh, Haley.

—Ni siquiera levantó la mirada cuando abrí la puerta.

—¿No sabe que lo viste con ella?

—Sí lo sabe —contestó Haley—. Usé el intercomunicador de su secretaria para pedir una reunión urgente de toda la plantilla en su despacho.

—¿En serio?

—En serio. Y, por supuesto, el cerdo apartó a su nuevo ligue de un empujón para subirse los pantalones.

Jen soltó una carcajada.

—Por favor… Debería haberme imaginado que no te irías sin armarla.

—Se lo merecía —Haley levantó la barbilla, con gesto militante a favor de todas las mujeres del mundo y, desafiante, aguantó la mirada del chico rubio que estaba con los peluches. Él sonrió, encantador, antes de volver a lo suyo.

Jen, que no había visto el intercambio, terminó su carcajada con un suspiro. Su expresión se volvió seria.

—¿Estás bien?

Haley se encogió de hombros, el gesto de victoria convirtiéndose en un suspiro de desilusión.

—Sobreviviré. Al menos lo he pillado antes de que nos fuéramos juntos de fin de semana.

—¿De verdad ibas a pasar el fin de semana con él?

—No lo sé. Aún no me había decidido del todo. Peter parecía tan perfecto… Era guapo, simpático, ganaba dinero… Y se preocupaba por mí. ¿He mencionado ya que era guapo y simpático?

Jen sonrió, comprensiva.

—Es terrible, lo sé, pero la verdad es que me alegro. Empezaba a pensar que te habías enamorado de Peter sólo porque todo el mundo pensaba que era un buen partido.

Haley la miró, sorprendida. Su amiga no había dicho nada hasta aquel momento.

—Creo que podría haberme enamorado de él. Bueno, del hombre que creía que era —entonces miró al rubio, que estaba en cuclillas, estudiando una colección de camiones en la estantería de abajo. Llevaba unos vaqueros gastados que se ajustaban perfectamente a su trasero, y la cinturilla se abría un poco, dejando ver... Irritada consigo misma, Haley apartó la mirada. ¡No más príncipes!

Jen estaba pensativa.

—¿Sabes una cosa? A pesar de todo, Peter no te ha roto el corazón. Estas enfadada, pero nada más.

Haley sopesó esa observación, intentando imaginarse a sí misma viviendo con Peter, viéndolo todos los días... No, imposible.

—No creo que fuera exactamente el amor de mi vida, pero ha sido muy humillante pillarlo con su secretaria.

—No tanto como que tus compañeros de

trabajo te pillen con los pantalones bajados —le recordó su amiga.

Haley soltó una risita malévola.

—Eso es verdad.

—Estás mejor sin él —suspiró Jen.

—Lo sé.

—¿De verdad?

—De verdad. Bueno, voy a ponerme a trabajar.

Jen volvió con su cliente. El joven hablaba con ella, pero no dejaba de mirar a Haley con el rabillo del ojo.

Ella estaba entretenida con su escoba, pero sin tanto ímpetu. Apartaba las sillitas para barrer lápices de colores, colocaba cuadernos de dibujo y comprobaba los desperfectos de una casita de muñecas que tenía todos los muebles patas arriba. Afortunadamente, sólo una tacita de café había sufrido daños.

Toy Boxx, situada en una elegante plaza de St. Louis, Missouri, era, además de una tienda de juguetes, casi una guardería para los padres que iban de compras a los grandes almacenes de la esquina. Algunas caras eran ya familiares e incluso queridas para Haley. Ahora que había empezado el colegio, echaría de menos a sus pequeños clientes. Le encantaba su alegría, su entusiasmo, incluso sus travesuras.

¿En qué momento esas criaturas sinceras

y abiertas se convertían en los imbéciles con los que le había tocado salir toda la vida?, se preguntó.

Distraída, oía a Jen explicar el funcionamiento de un coche por control remoto. Una profunda voz masculina reverberó en su estómago, pero no quería mirar.

Sus fracasos con los hombres se habían vuelto tan cómicos que Jen y ella les habían puesto motes. Primero, Flynn Fútbol, su novio del instituto, un gran jugador... pero no sólo en el campo. Luego, su novio de la universidad, al que llamaban Brad del Campus por su carisma y sus ojos verdes. Haley había estado tan ciega que le entregó su corazón... y su cuenta corriente.

Desde entonces tuvo varias relaciones breves, ninguna seria... hasta Peter. Parecía un chico tan decente, tan atractivo, tan increíblemente perfecto que Jen y ella le pusieron de mote Príncipe Peter. Ésa debería haber sido la primera pista. Cuando le pidió que saliera con él, a Haley le pareció demasiado bueno para ser verdad. Se imaginaba a sí misma viviendo feliz para siempre con un guapo y enamorado marido. Menudo cuento de hadas. Gilipollas.

El sonido de la caja registradora llamó su atención.

—Gracias, señor Samuels. Que tenga un

buen día —oyó la voz de Jen.

—Muchas gracias por su ayuda —contestó él.

Cuando se volvió, sus ojos se encontraron con los de Haley. El rubio de ojazos azules le hizo un gesto con la cabeza antes de abrir la puerta y la campanita sonó alegremente. Su cara le resultaba familiar... Haley frunció el ceño, pensativa, pero luego sacudió la cabeza. No se acordaba.

Entonces se volvió hacia Jen.

—Siento haber hecho esa escena, especialmente con un cliente en la tienda. Ha sido muy poco profesional.

—No creo que le haya importado —sonrió su socia, sacando una caja de juguetes defectuosos de debajo del mostrador.

—No lo entiendo, Jen. ¿Por qué todos los hombres con los que salgo acaban siendo unos cerdos? Todos los hombres no pueden ser tan malos. Frank no lo es.

—No, mi marido no es un cerdo.

—¿Y cómo encuentro yo a mi Frank?

—No lo sé. Supongo que con un poco de paciencia, así no saldrás con tíos que no te convienen. Mira alrededor. Los hombres buenos no llaman la atención. Sólo los idiotas con los que sales.

Haley consideró la idea, pensando en el rubio que acababa de salir. Como Peter, tenía todo lo necesario para llamar la atención de una mujer.

—Sí, es verdad. Tienes razón.

—Claro que sí —suspiró Jen—. Las mujeres no ven enseguida al tío que les conviene. Es el que te adora en silencio, el que te ofrece su amistad pero espera que sea algo más. Ése en el que no te fijas hasta que es demasiado tarde.

Haley guiñó los ojos.

—Mi madre tenía razón. Debería haberme casado con Jimmy Plankett.

—¿Jimmy qué?

—Soy idiota. No me había dado cuenta hasta ahora.

—¿De quién hablas?

—Es muy sencillo. Dices que sólo he mirado a los tíos que llaman la atención, los guapos, los carismáticos. El tipo de tío que convence a una chica de lo que sea para salirse con la suya —Haley empezó a pasear furiosamente por la tienda.

—¿Y?

—Una mujer deslumbrada no puede ver los signos que indican que el tío tiene serios defectos.

—Ah, vale, te entiendo —dijo Jen—. Creo.

—Estoy harta de perder la cabeza. Estoy harta de enamorarme de imbéciles. Es agotador. Creo que ha llegado la hora de ver a los tíos de una forma más práctica. Y esta vez voy a buscar un tipo de tío completamente diferente —siguió Haley, pensativa—. Para encontrar un hombre como Frank o Jimmy, tengo que olvidarme de los príncipes y empezar a echarle un vistazo a las ranas.

—Me estoy perdiendo.

Haley suspiró. ¿Cómo iba a explicarle el asunto sin ser insultante?

—Tengo que buscar uno que no sea guapo y carismático. Cuando estoy con un hombre así, no veo nada más. Quiero el tío majo, ése que pasa desapercibido. Básicamente, tengo que encontrar a un chico bueno, simpático y nada guapo —Haley miró alrededor, como buscando un adjetivo—. Ya sabes, el típico freaky.

Jen la miró, perpleja.

—No sé si sentirme ofendida porque acabas de llamar freaky a mi marido o curiosa por ése tal Jimmy Plankett.

Haley movió la mano en el aire, como para quitarle importancia.

—No quería insultar a Frank. Tu marido es perfecto y yo quiero uno como él. Sólo digo que cuando lo conociste, no viste de inmediato sus cualidades. Pero es un marido maravilloso, ¿no?

Jen asintió.

—Vale, creo que ya entiendo. Bueno, háblame del tal Jimmy Plankett.

—Jimmy Plankett me dio mi primer beso.

—¿Y por eso es un freaky?

Haley clavó la mirada en su amiga.

—¿Quieres oír la historia o no?

—Perdón. Sigue.

—Vale —suspiró ella, ordenando sus pensamientos—. Yo estaba en séptimo y me gustaba Jimmy. Y yo a él, claro. Nos mandábamos notitas e íbamos de la mano por el pasillo del colegio. Cosas inocentes —entonces cerró los ojos, recordando—. Era muy tímido. Muy bajito también, pero con los ojos bonitos. Bueno, el caso es que yo sabía que quería besarme, pero no se atrevía. Entonces, un día, delante de mi taquilla, me dio un beso.

—Qué mono —sonrió Jen.

—Sí. Pero es que los dos llevábamos aparato en los dientes y… se nos engancharon.

Su amiga emitió una especie de resoplido.

—Como te lo cuento. Mi profesor de álgebra tuvo que llevarnos al despacho del director para pedir ayuda. Allí estábamos, unidos por los dientes, caminando por el pasillo mientras oíamos las risotadas de los compañeros. Qué vergüenza, por favor —suspiró Haley, haciendo una mueca—. ¿Pero sabes una cosa? Jimmy no dejó de apretar mi mano.

—¿Él es el hombre perfecto?

—Mejor que eso. Él es mi freaky, como tu Frank. Ese tipo de tío ni soñaría con engañar a su novia.

—¿Y qué pasó?

Ésa era la parte vergonzante de la historia.

—Pues… que el chico más guapo de la clase me pidió que fuera con él a una fiesta y me olvidé de Jimmy. Te lo juro, durante semanas no tenía ojos más que para… ni me acuerdo de su nombre. Pero sí me acuerdo de Jimmy.

—Ya veo —sonrió Jen.

—Ése es mi problema, ¿verdad? No he madurado, sigo teniendo trece años —suspiró Haley.

—Al menos lo admites, es un progreso. ¿Y dónde encontramos a Jimmy Plankett?

Haley hizo una mueca.

—Según mi madre, en Omaha, Nebraska, casado y con tres hijos. Mi madre le ha seguido la pista. Y lo menciona cada vez que me interroga sobre mi vida amorosa. Esa mujer es peligrosa, te lo digo yo. Inteligente y sutil, mala.

Jen soltó una carcajada.

—No lo es, idiota. Sólo quiere verte feliz y

tener muchos nietos.

—Lo sé, y si no encuentro un hombre por mí misma, me lo buscará ella.

—¿Y por qué no dejas que lo haga? Seguramente hay muchos hombres solteros en un estudio de televisión.

Haley miró a su amiga, perpleja.

—¿De qué lado estás tú?

—Del tuyo, claro. Perdóname, no he podido evitarlo —rió Jen.

—Te perdono si me ayudas a encontrar un freaky.

La sonrisa de su amiga desapareció.

—¿Lo dices en serio? Haley, por favor, no hagas una locura. Nunca te sentirías atraída por un Jimmy o un Frank. Yo creo que te aprovecharías de ellos... Además, ¿no crees que es demasiado pronto? Acabas de romper con Peter.

Haley sacudió la cabeza, decidida.

—Tengo veintiocho años y mi reloj biológico está dando la voz de alarma. Tú sólo eres seis meses mayor que yo y ya tienes un marido, dos niños y una hipoteca. Me he quedado atrás, Jen. Y es tu obligación, como mi mejor amiga y ejemplo a seguir...

—¡Mi obligación!

—... ayudarme a subir al tren. ¿Por dónde empiezo?

—Muy bien. Si quieres hacerlo, será mejor

18

que te ayude —suspiró su mejor amiga y ejemplo a seguir—. Con un plan como ése, alguien tiene que echarte una mano.

—Sé que todo esto suena un poco raro, pero es que acabo de descubrir uno de mis defectos. Y es tan horrible que requiere medidas drásticas.

—¿Qué defecto? —preguntó Jen.

—Pues... creo que yo he sido tan idiota como los tíos con los que salgo. Uno no se enamora de un trasero apretado o de una bonita sonrisa. Eso es una frivolidad, pero es lo que he hecho hasta ahora. Creo que me merecía a todos los canallas con los que he salido. Pero eso se acabó —dijo Haley, convencida, levantando la mano como si fuera a hacer un juramento—. Es hora de hacerse mayor y empezar a buscar algo más serio. Y este plan... digamos que es un primer paso.

Jen la miró, con renovado interés.

—¿Sabes una cosa? Creo que eso es lo más inteligente que has dicho hasta ahora.

—¿Vas a ayudarme?

—Sí —sonrió su amiga.

—Gracias a Dios. ¿Por dónde empezamos?

—Espera un momento. Estoy pensando.

Haley tomó un cuaderno y escribió: *Estrategias para...* entonces se detuvo, pensativa. Tenía que ser algo muy descriptivo, como: *Estrategias para encontrar a mi freaky.*

—Yo creo que la mejor manera de hacerlo es concentrándose en profesión e intereses comunes —dijo Jen.

—Exacto. Nada de cachas, sólo un tío con el que pueda hablar —Haley anotó *Nada de cachas*—. ¿Pero cómo lo hago?

—Tendrás que ir a sitios donde haya tíos así. Es una forma de empezar, ¿no?

—Eso es —Haley anotó *Sitios con probabilidades de encontrar freakies* y lo subrayó.

—Librerías, bibliotecas, cyber-cafés, tiendas de informática... No encontrarás a un cachas descerebrado delante de un ordenador —dijo Jen.

Haley seguía escribiendo furiosamente.

—Tienda de informática. Genial. Iré a esa nueva, la de la esquina.

—Muy bien. Pero Haley...

—¿Qué?

—¿Y si encuentras a un tío allí? ¿Qué vas a hacer, cómo vas a acercarte?

—Sutilmente, supongo. Buscaré uno que parezca simpático. Incluso podría vestirme de otra forma —murmuró Haley, golpeando el cuaderno con el bolígrafo. Ella llevaba ropa llamativa, de colores. Pero no quería asustar a su futuro novio con un vestido de cebra. Anotó entonces: *Ropa más clásica, nada fashion.*

Seguramente esos tíos serían tímidos.

Entonces anotó: *Gran sonrisa, actitud abierta.*

¿Cómo empezar una conversación? Haley escribió: *darle coba.* Pero no demasiado. Una chica tiene sus límites.

Luego echó un vistazo a la lista, visualizando sus posibilidades.

—Yo creo que podría funcionar. Y la tienda de informática de la esquina es un sitio perfecto para intentarlo.


Haley subió el último escalón hasta su apartamento tirando de la bicicleta. Miró distraídamente la puerta de su nuevo vecino y se sorprendió al ver el rellano desierto por una vez. Normalmente, tenía que abrirse paso entre montones de mujeres que, por lo visto, hacían cola delante de su puerta. ¿A qué se dedicaría su vecino?

Haciendo una mueca, metió la llave en la cerradura pero, como siempre, se atascó. Irritada, masculló una maldición, esperando que no se rompiera.

—Venga ya, pedazo de petarda...

—¿Perdón? —oyó tras ella una voz masculina.

Al volverse, Haley golpeó con la cadera el asiento de la bicicleta, que cayó al suelo junto al cuaderno que llevaba en la cesta, y golpeó al hombre en la espinilla. Él hizo una mueca de dolor.

—Perdona. ¿Te he hecho daño?

Después de levantar la bicicleta intentó ayudarlo, pero no sabía cómo hacerlo sin tocarle la pierna. Y tocar la pierna de un desconocido era pasarse de la raya.

El hombre levantó la mirada.

Ajá. Un par de ojazos color azul zafiro. No fríos como una piedra, sino vivos y profundos, casi líquidos. Haley sintió que se ahogaba en esos ojos, sintió la familiar atracción del hombre-demasiado-guapo-para-mi-salud.

Entonces reconoció al propietario de esos faros.

—Tú.

—¿Yo?

—Por eso me sonaba tu cara. Estabas en Toy Boxx esta mañana...

—Y también soy tu nuevo vecino. Qué mundo tan pequeño, ¿eh? —dijo él, tomando el cuaderno del suelo.

Por su expresión, parecía desear que el mundo no fuera tan pequeño. «Olvídate, Haley. Este hombre no es para ti».

—Pues sí —empezó a decir, después de aclararse la garganta—. La escenita de esta mañana... lo siento. Lo último que deseo es ahuyentar a los clientes de Toy Boxx. Pero me pillas montando una escena, discutiendo con mi puerta... y ahora te destrozo la espinilla. Lo siento mucho, de verdad —siguió Haley, intentando sonreír como una buena vecina—. ¿Quieres un poco de hielo?

Él sonrió, colocándose el cuaderno bajo el brazo.

—No hace falta, creo que sobreviviré. Me llamo Ma... —el ojazos carraspeó— Rick Samuels —dijo entonces, ofreciéndole su mano.

Haley la estrechó, esperando que la suya no estuviera sudorosa.

—Haley Watson. Bienvenido al edificio.

—Me alegro de conocer a mi vecina. Sentía curiosidad por los ruidos...

Ella hizo una mueca.

—Mi perro. Es un cachorro y estamos intentando que aprenda a comportarse. Bueno, yo lo intento y Sherlock pasa de mí.

—¿Así que tú eres Watson y él es Sherlock? —rió él.

—Yo no le puse el nombre, fue mi ex novio —Haley dejó de sonreír al recordar el episodio del despacho—. El perro era suyo.

—¿Del detestable príncipe azul?

—¿Me oíste?

—Sólo eso. Y lamento que no haya funcionado —dijo Rick, incómodo.

—No pasa nada. Me he vengado.

—¿Te has vengado?

—No preguntes. Fue un momento Psicosis.

Al otro lado de la puerta oyeron unos ladridos alegres. Ése era un amor con el que siempre podía contar una chica. Haley sonrió al imaginar la carita de su cachorro.

—Te has vengado —repitió él, mirándola con cara de susto mientras reculaba hasta su puerta.

Haley se preguntó por qué actuaba así. Seguramente, la situación era un poco rara, pero... entonces vio que tenía su cuaderno bajo el brazo. Recordando la lista que había hecho, se lanzó hacia él...

Abriendo mucho los ojos, su vecino entró a casa a toda prisa.

—¡Espera! ¡Mi cuaderno! —la puerta se cerró de golpe y Haley pulsó el timbre. Silencio. Genial. Ahora su guapísimo vecino se enteraría de sus planes de ligar con una rana.

Dentro, Rick miraba la puerta, confuso. Había escapado por los pelos. Por la mañana entraba en la tienda como un elefante en una cacharrería y luego se enteraba de que había secuestrado al perro de su novio para vengarse de él.

Menuda loca.

Pero la verdad era que la había visto el día que se mudó al edificio y, desde entonces, buscaba ocasiones para encontrársela. Esa energía, esa sonrisa, esos ojos tan expresivos... Era una chica fascinante. Y él tenía debilidad por las narices pecosas.

Cuando la casera le dijo que Haley trabajaba en Toy Boxx, muy cerca de su oficina, decidió ir allí a comprar un regalo para su sobrino. Ser socia de una tienda de juguetes era una ocupación perfecta para Haley Watson.

Una pena que estuviese mal de la cabeza. Un hombre inteligente resistiría la tentación, al menos por el momento. La mitad de las mujeres solteras de St. Louis decidieron acosarlo desde que una periodista de cotilleos dio su nombre como uno de los solteros más deseables de la ciudad.

El olor del dinero atraía a mujeres desesperadas. Les daba igual quién era, sólo que tenía una buena cuenta en el banco. Y seguramente Haley sería igual que ellas.

Encogiéndose filosóficamente de hombros, Rick puso el estéreo a todo volumen. Entonces se percató de que seguía llevando el cuaderno de Haley bajo el brazo. Estaba pensando que tendría que devolvérselo discretamente cuando una frase, escrita en rojo y subrayada, llamó su atención: *Estrategias para encontrar a mi freaky.*

# Capítulo dos

**P**ERO qué demo...? —Rick siguió leyendo, incrédulo, sin poder evitar llevarse un dedo al puente de la nariz, donde no encontró nada.

*Sitios con probabilidades de encontrar freakies...*

Aquella mujer estaba como una cabra y algún pobre desgraciado iba a...

*Halagar su intelecto.*

Rick sacudió la cabeza. Oh, no, de eso nada. La vigilaría. Y aunque el panorama le gustase particularmente, daba igual. Sí, era una chica muy sexy, pero un hombre debía poner límites.

Sintiendo la necesidad de decirle cuatro cosas a la persona que había desarrollado ese plan tan vergonzoso, Rick abrió la puerta... y Haley cayó en sus brazos.

Frustrada y avergonzada, ella se incorporó de inmediato.

—¿Por qué no abrías?

—El timbre no funciona. Deberías haber llamado a la puerta.

—¡He llamado, pero con la música tan alta es imposible que oigas nada!

—Ah, sí, el estéreo.

—¿Me das mi cuaderno, por favor?

Rick sonrió, su expresión tan inocente como la de un niño.

—Así que vas de caza, ¿eh?

Haley intentó agarrar el cuaderno, pero él lo apartó.

—Has tenido que leerlo, ¿no? ¿Con qué derecho? Acabas de llegar al edificio y ya estás cotilleando a tus vecinos.

—Eres tú la que me ha atacado con una bicicleta, yo sólo he recogido tus cosas. Pero da igual. Háblame sobre la caza del freaky. ¿Es una de esas cosas de supremacía de los sexos o algo así? ¿Abajo con los freakies y los pringados?

Haley lo estudió, pensativa. A lo mejor no lo había leído todo. Quizá sólo había visto el título.

—Sólo era una broma. Ya sabes, de ésas de «te encuentras a un freaky y tal».

La sonrisa de Rick se endureció, pero dejó que le quitara el cuaderno.

—Pues parece una broma muy estudiada. Como un manual. Cuando encuentres a uno de esos pobrecillos, ¿qué vas a hacer con él, reformarlo o disfrutarlo tal y como es?

Ella apretó el cuaderno contra su pecho, levantando muy digna la cabeza.

—No estoy segura. Una amiga... una

amiga mía escribió esto. En la tienda hay muchos clientes y no quiere ofender a nadie, así que lo escribió para que yo lo leyera más tarde. Y lo haré, mientras ceno probablemente —Haley deseaba que se la tragase la tierra. Ahora mismo. Si supiera mantener la boca cerrada, no le pasarían esas cosas.

—Sí, claro. Yo también disfruto de las bromas. Fíjate, con tal de oír una buena broma soy capaz de invitarte a cenar —sonrió Rick, apoyando el hombro en el quicio de la puerta—. ¿Qué dices? ¿Una cena a cambio de una broma?

Haley lo fulminó con la mirada.

—Lo has leído todo.

—Sí, me has pillado. Y tengo un millón de preguntas que hacerte. Así que mi oferta sigue en pie.

Haley cerró los ojos, pero seguía viendo esa sonrisa, esa cara en la que estaba esa sonrisa. Y era tan atractiva que podría morirse. Estaba destinada a sufrir a causa de los hombres guapos. Y a sentirse atraída por ellos, era inevitable.

Con la batalla de los sentidos librándose dentro de ella, no pudo evitar preguntarse si era una bendición o una maldición que hubiese jurado no acercarse nunca más a un macizo. Porque Rick Samuels definía el término «macizo». Era lógico que hubiese mujeres haciendo cola delante de su puerta. Doce meses antes, doce horas antes, ella habría tenido la tentación de hacer lo mismo. Rick estaba buenísimo.

Debía tener treinta o treinta y pocos años, tan guapo como Brad Pitt, pero más alto, con los hombros más anchos y unos rasgos menos infantiles. Y estaba segura de que el pelo rubio era auténtico. Espeso y fuerte, un poquito demasiado largo... Haley suspiró. Esos ojos azules hacían que una chica se pusiera a soñar. Que Dios la ayudase.

Cuando abrió los ojos, intentando recuperar el control, él seguía mirándola, sin duda saboreando su humillación.

—Bueno, Haley. ¿Quieres conocer mejor a tu nuevo vecino?

«¡Que si quiero!»

—No, gracias. Esta noche tengo muchas cosas que hacer.

—Una pena. En otro momento, quizá —dijo él, saliendo al rellano—. Venga, te ayudo a meter la bici, para que puedas seguir adelante con tu plan.

Haley se tragó un insulto mientras seguía luchando con su llave. Por supuesto, la puerta se abrió de inmediato.

Los frenéticos ladridos de Sherlock llegaban desde el armario. Cielos. Había vuelto a quedarse encerrado. ¿Cuántos zapatos se habría cargado?

—¿El perro de tu ex novio? —sonrió Rick.

—Ahora es mi perro.

—Sí, ya. Tu venganza.

Ella frunció el ceño.

—¿Qué?

—Robarle a su mejor amigo.

—No lo he robado —protestó Haley—. Peter lo abandonó. Más o menos.

—Ya —dijo Rick, incrédulo.

—No estoy mintiendo. Me dio el perro hace meses porque tenía que viajar mucho y no podía cuidar de él. Y yo no tuve corazón para llevarlo a la perrera, así que Sherlock es mío. ¿Siempre juzgas a la gente sin conocerla?

Él tuvo el detalle de parecer avergonzado.

—Perdona.

—Como que yo secuestraría a un perro —exclamó Haley, levantando los ojos al cielo.

Rick miró la bicicleta, con el asiento de color plátano y una cestita adornada con margaritas de plástico.

—Bonita bici.

Ella suspiró, acostumbrada a las ironías sobre su Huffy 1976 de color azul metalizado.

—Está hecha para personas bajitas. Ya me he cargado dos bicicletas de carreras porque se me olvidaba cambiar de velocidad... Ésta la compré por diez dólares y es perfecta para ir y venir de la tienda.

Él le dio una patadita a la rueda delantera.

—Necesitas ruedas nuevas, éstas están peladas. ¿Por qué no te pasas por mi tienda este fin de semana? —la oferta había sido sincera y, por su expresión, la lamentó de inmediato.

—¿Tienes una tienda de bicicletas?

—Sí, bueno... la que está al lado de la tuya.

Haley lo miró de arriba abajo. Sí, debía ser un entusiasta del deporte, porque no tenía ni un gramo de grasa en el cuerpo. Peter también lo era. Entre partidos de tenis, practicaba el triatlón, un detalle que solía incluir en todas las conversaciones, incluso con extraños. Sobre todo, con extrañas.

—O sea, que eres ciclista.

—Es una afición —dijo él, encogiéndose de hombros.

—Bueno, a lo mejor me paso este fin de semana. Gracias.

—De nada. Bueno, te dejo —sonrió Rick, señalando el cuaderno.

—Sí, mejor. Encantada de conocerte.

—Lo mismo digo, Haley. Ah, por cierto, podrías intentarlo también en tiendas de fotocopias y almacenes de bricolaje.

Cuando cerró la puerta, Haley le sacó la lengua. Quizá no era una respuesta muy madura, pero sí gratificante.

Un segundo después, abrió el cuaderno y anotó esos dos sitios en su lista de lugares que debe frecuentar un freaky.

Con el pelo mojado, Haley echó un vistazo a su armario. La apariencia era fundamental, pensó. Mejor algo sencillo. Atractivo, pero no llamativo.

Se sujetó la toalla firmemente sobre el pecho y, con la mano libre, apartó colores brillantes, faldas cortas y vestidos ajustados para sacar unos pantalones de color caqui. ¿Qué tal una camiseta de manga larga? Sí, muy bien, pensó.

Abriendo un cajón de la cómoda, un mueble antiguo comprado en un mercadillo y barnizado por ella misma, sacó un conjunto de sujetador y braguita color melocotón. Una vez vestida, se miró al espejo. Aceptable.

Pendientes, pulseras, abalorios. No, sólo unos pendientes de aro y un colgante. Perfecto, un simple corazón de oro que le había regalado su padre años atrás, un día de San Valentín. Para que le diera suerte.

Mirando con anhelo unos pendientes de

colores que hacían juego con un vestidito que compró en las rebajas, Haley cerró el joyero.

Después de secarse el pelo castaño rojizo con el secador y aplicarse un toquecito de maquillaje, decidió que estaba lista. Bajó las escaleras corriendo, tomó el bolso y salió de casa.

Treinta segundos después, volvía para buscar en el cajón de su escritorio un manual de informática.

Iba vestida y armada.


—Bienvenida a Computer Nation, señorita. ¿Puedo ayudarla en algo?

Haley se volvió en dirección a esa voz nerviosa y se vio cara a cara con su primer freaky. Era cruel pensar eso, pero desde luego cumplía todos los requisitos.

El chico la miraba tras unas gafas de culo de vaso, apoyándose alternativamente en un pie y otro. Era casi enternecedor, pensó. Y sincero.

—Eso espero... Tim —dijo, mirando la chapita que llevaba en la camisa.

Tim se puso colorado.

—Bueno, ¿por dónde empezamos?

—Estoy buscando un programa administrativo. Informático, claro. Algo que me ayude a controlar mis cuentas y, quizá, a hacer un presupuesto mensual —dijo Haley, poniendo cara de inocente. No estaba mintiendo sobre su necesidad de software, pero seguramente podría haberlo hecho sin ayuda.

Tim, obviamente en su elemento, se tranquilizó un poco.

—Puedo mostrarle algún programa. Tenemos varios.

—Sí, por favor. Creo que debería probarlos todos antes de elegir —sonrió Haley—. ¿No te parece, Tim?

El chico se puso colorado.

Rick Samuels, que estaba buscando algo en una de las estanterías, y se había vuelto al oír una voz familiar, levantó los ojos al cielo. Aquello iba a estar bien.

Manteniendo las distancias, observaba a su atractiva vecina. Sin duda, el pobre Tim estaba a punto de arder por combustión espontánea.

Pero cuando se acercó a ella para explicar el funcionamiento del ratón inalámbrico, Rick dejó de sonreír.

—Éste es perfecto —estaba diciendo Haley—. No sabes los problemas que tengo para llevar mis cuentas, pero creo que este programa me ayudará mucho. ¿Es compatible con cualquier ordenador?

Tim empezó a hablar de bites, memoria

y otros factores informáticos. Por supuesto, el programa era compatible con cualquier ordenador y él lo sabía perfectamente, pero estaba intentando impresionarla.

Haley, sin embargo, lo miraba con una expresión de vacua fascinación. Incapaz de soportarlo más, Rick eligió un cartucho de tinta para la impresora de su casa y se dirigió a la caja.

—Hola, Cathy. ¿Qué tal?

—Bien, señor Samuels. Creo que me gustará mucho trabajar aquí —sonrió la chica.

—Me alegro. Si tienes algún problema, pregúntale a Tim. Él es el encargado de la tienda cuando yo no estoy. Hasta mañana… Ah, no, espera, mañana tengo que ir a la tienda de bicicletas. Díselo a Tim, por favor. Pasaré por aquí el lunes, pero que me llame si hay algún problema.

—Se lo diré, jefe.

Cuando estaba a punto de salir, Rick oyó la voz de Haley:

—Gracias por tu ayuda, Tim. Lo de la informática se me da fatal.

—De nada.

—Entonces, nos vemos el viernes.

Rick miró por encima de su hombro, atónito. A pesar de ser un chico inteligente, Tim sonreía como un idiota.

—Tengo tu número aquí —decía, tocándose el bolsillo de la camisa—. Te llamaré cuando salga de trabajar para que me digas cómo llegar a tu casa.

Irritado, Rick salió de la tienda, decidido a esperarla fuera.

Después de todo, Tim era su empleado. Un chico joven e impresionable. No se merecía que Haley lo humillase de esa forma. No era nada personal, sólo estaba siendo responsable con un empleado.

No pensaba actuar como un novio celoso. Aunque se sintiera así.

—Una primera cita muy cara, ¿no, Haley? —oyó una voz masculina cuando salía de la tienda.

Ella se dio la vuelta, con el corazón acelerado.

—¿No tienes nada mejor que hacer que asustar a las mujeres?

—Lo siento. No quería asustarte.

—¿Qué haces aquí? —preguntó Haley, mientras se dirigía hacia su coche.

—Comprando un cartucho de tinta para mi impresora —se encogió Rick de hombros—. Y te vi con ese chico... pobre, cómo te has pasado con él.

—¿Qué quieres decir?

—Que he leído esa lista tuya y he visto

que ibas a la yugular. Y ha funcionado, claro. El pobre no se entera de nada.

—No sabes lo que estás diciendo.

—Claro que lo sé. Has ido a la tienda para ligarte a un pobre freaky. Lo has encontrado, has pestañeado un par de veces y ahora lo tienes en el bolsillo.

Haley apretó los dientes.

—He ido a la tienda para comprar un programa informático. Tim me ha ayudado y luego me ha preguntado si quería salir con él el viernes que viene. Así de sencillo.

—Ya, claro. Y te pide salir con una semana de antelación. El pobre debe estar desesperado.

—¿A ti qué te pasa? —exclamó Haley, furiosa—. Lo del cuaderno no tenía que haberlo visto nadie más que yo. Así que olvídate y todo irá mejor —añadió, dándose la vuelta.

Rick la tomó del brazo y ella se quedó inmóvil, intentando controlar el escalofrío que la recorría entera. «No te interesan los príncipes, no te interesan lo príncipes». Si se lo repetía suficientes veces, podría hacerlo realidad.

—Mira, lo siento, supongo que me ha dolido que a mí me dijeras que no y a ese chico le hayas dicho que sí. Pero en fin, sé aceptar una negativa. Somos vecinos. No creo que sea buena idea estar enfadados.

Haley empezó a mover la llave del coche para distraer los nervios con el ruidito.

—Muy bien. Firmemos una tregua. ¿De acuerdo?

—No. Vamos a empezar otra vez. Me llamo Rick, tú debes de ser Haley, mi vecina. ¿Cómo estás? —sonrió, apretando su mano.

Ella levantó los ojos al cielo.

—Hola, Rick. ¿Cómo estás? Espero que Sherlock no te haya molestado con sus ladridos.

—Me gustan los perros. A ver si me lo presentas. Esta noche, por ejemplo. ¿Quieres invitarme a una pizza?

—Pensé que sabías aceptar una negativa.

—Venga, Haley, una pizza entre amigos. Invito yo. Puedes contarme cosas de los vecinos, ya sabes, cotilleos. Cómo convencer a la casera para que me arregle el timbre…

Ella lo miró, recelosa, recordando a la anciana insoportable que solía vivir en el apartamento que ahora ocupaba Rick. Ella no era tan comprensiva con los ladridos de Sherlock. Haley casi esperaba que la echasen del apartamento cuando la mujer, por fin, decidió marcharse.

—Bueno, mientras no seas un asesino en serie ni un psicópata…

—No, soy inofensivo. Casi siempre.

Además, tienes a Sherlock para protegerte. Él hará de carabina.

Haley se dio cuenta de que Rick no había soltado su mano.

—Supongo que no pasa nada porque cenemos juntos. Somos vecinos.

—Estupendo. ¿A qué hora?

—Tengo que pasar por la tienda para ver cómo va todo. Dame una hora y media… no, dos horas.

—Entonces, ¿a las siete y media en tu casa? Yo llevaré la pizza y las servilletas.

—Que sean las ocho y tienes…

—¿Una cita? —Rick la miraba con una falsísima inocencia.

—Un trato. Esto no es una cita, sólo somos vecinos que quieren conocerse mejor.

—Muy bien, si tú lo dices. Nos vemos a las ocho.

Vente minutos después, Haley entraba en Toy Boxx y colocaba el cartel de Cerrado. Faltaban diez minutos para la hora de cierre, pero la tienda estaba vacía y tenía que hablar con Jen en privado. Se tocó los bolsillos, miró en el bolso. La llave… en su escritorio. Cerraría después.

—Enseguida salgo —oyó la voz de Jen desde la trastienda.

—Soy yo. He cerrado —dijo Haley, dejando el bolso en el mostrador.

—¿Qué pasa? —preguntó su amiga, saliendo con una caja de bolsas en la mano.

—Tengo una cita. Dos, en realidad, si cuento a Rick.

—Cuéntamelo todo.

Haley empezó a colocar ositos de peluche. Mientras lo hacía, describía su encuentro con Tim.

—Muy bien, ¿y qué tal? —preguntó Jen.

Ella se encogió de hombros.

—No sé. Parece un buen chico.

—¿Habéis hablado de algo, además del programa informático?

—No, qué va. Pero me preguntó si quería salir con él el viernes que viene y le dije que sí.

Jen sacudió la cabeza.

—¿Qué? —exclamó Haley—. He conocido a un buen chico, un freaky, si quieres. Misión cumplida, ¿no?

—Sabía que esto era un error —suspiró su amiga—. A este paso, acabarás casada con un tío que no te interesa nada o saliendo con unos y con otros hasta los noventa.

—No, qué va. Es que tengo que probar. Yo sólo he salido con chicos guapísimos. Si el asunto con Tim funciona, estupendo. Si no, estupendo también. Es como... una cita en prácticas.

Jen estudió a su amiga.

—Sí, supongo que eso es más o menos razonable. Bueno, y ahora háblame de ese tal Rick.

—Ya lo conoces. Es el chico que estaba en la tienda cuando yo entré con ua ataque de nervios.

—Oooooooh, Haley. ¡Qué guapo! —exclamó Jen.

—Es mi vecino.

—¿Tu vecino?

—Esta noche hemos quedado para tomar una pizza en mi casa. Es horrible.

—¿Por qué?

—¿Cómo que por qué? —suspiró Haley, abrazando a un enorme oso de peluche—. Porque está buenísimo.

—¿Y?

—¿Qué más quieres? Es un cachas y... y yo he jurado no volver a saber nada de cachas... ¡Y él lo sabe! —exclamó ella entonces, tapándose la cara con las manos.

—¿Lo sabe? ¿Se lo has contado? —preguntó Jen.

—No, qué va, no soy tan tonta —Haley describió su encuentro en el rellano—. Eso me enseñará a no dejar pruebas por escrito.

—¿Y cómo habéis acabado quedando para cenar?

—Me he encontrado con él en la tienda de informática y me vio hablando con Tim...

el pobre estaba tan nervioso que tuve que ser adorable con él. Pero Rick me vio y...

—¿Qué dijo?

—Le sentó fatal. Cree que iba de caza.

—¿Y por eso has quedado a cenar con él?

—Tengo que darle el beneficio de la duda, ¿no? En interés de las buenas relaciones vecinales.

Jen sonrió.

—Si quieres que me lo crea... ¿A qué se dedica el tal Rick? ¿Tiene algo que se parezca a una personalidad?

Haley dejó escapar un suspiro.

—Bueno, ya sabes que es muy guapo, tipo Brad Pitt. Y tiene unos ojazos, un cuerpo... Tiene una tienda de bicicletas. Y en cuanto a la personalidad, la que se puede esperar de un tipo como él.

—¿Aburrido?

—No, qué va. Arrogante y provocador. Hablar con él es como pegarte con tu hermano pequeño.

Jen soltó una carcajada.

—Pues suena estupendo para ti. Tienes mi bendición para esa cena.

—Espera un momento...

La campanita de la puerta interrumpió la conversación.

—¿Cariño?

Haley se volvió, sorprendida.

—¡Mamá! —exclamó, observando con una mezcla de alegría y angustia a su bien vestida madre. Tras ella había un hombre. «Oh, cielos, otra vez no». Debería haber cerrado la puerta de la tienda. El tío estaba buenísimo. Demasiado. Su madre, haciendo de las suyas otra vez, claro.

—¿Qué haces por aquí, mamá? —intentó sonreír, mientras se daban los pertinentes besos.

«Como si no lo supiera».

Clara Watson desdeñó la silenciosa acusación.

—Quería visitar a mi hija y he traído a un amigo —contestó, volviéndose con una sonrisa hacia un tío alto, moreno y guapo—. Adam Harding, te presento a mi hija, Haley.

El tipo debía andar por los treinta y cinco. Guapo, más de metro ochenta y sonrisa de cine.

—Hola, Adam. Encantada. ¿De qué os conocéis?

Clara sonrió, orgullosa.

—Adam apareció en *Día tras día* la semana pasada y debo decirte que sale guapísimo en televisión. La cámara lo adora. Esa mañana tuvimos unos picos de audiencia increíbles. Además, es de aquí, ¿te lo puedes creer? De hecho, su familia se instaló en St. Louis hace cien años. ¿Verdad, Adam?

—Sí, verdad —contestó él, con una voz profunda.

Era atractivo, pero le faltaba algo, pensó Haley. O quizá estaba empezando a desarrollar cierta resistencia a los hombres guapos. Ojalá.

—Tienes una madre maravillosa y una tienda muy simpática. Encantado de conocerte, Haley.

—Gracias —sonrió ella, un poco incómoda. Su madre le ordenaba, en silencio, que fuera simpática, pero no le hizo caso.

—Hola, señora Watson —la saludó Jen, volviéndose después hacia Adam—. Hola, soy Jennifer Grayson, la socia de Haley.

—Ah, estupendo. ¿Podrías ayudarme a encontrar un libro para mi sobrina mientras Haley y Clara charlan de sus cosas? —sonrió él.

La sonrisa de Jen era absolutamente radiante y Haley contuvo el deseo de darle un pisotón. Pero su socia la miró con una expresión fácilmente traducible por: «Estoy casada, no ciega».

—¿A que es guapo? —preguntó su madre en voz baja.

—Mucho.

—Y rico. En su familia hay jueces, abogados... tienen un apellido importante, buenas conexiones. Y es encantador. El

44

otro día me invitó a comer y pidió en francés. Impresionante, Haley. ¿No te parece? —sonrió su madre, mirando al supuesto partidazo.

—Sí, mucho.

Clara se volvió hacia su hija, con el ceño fruncido.

—¿Y por qué no pareces entusiasmada? Me ha costado mucho encontrarlo y pensé que te impresionaría.

Haley apretó los dientes.

—Te lo agradezco mucho, mamá, pero déjalo. Es humillante. ¿Crees que no soy capaz de encontrar novio yo solita?

—No, cariño. Sólo intento ahorrarte tiempo. A los veintiocho años, se te está pasando el arroz. Quiero nietos antes de tener que irme a una residencia.

—¡Mamá!

—En serio, cariño. Tu padre ha muerto y tú eres todo lo que me queda en el mundo. Se me rompería el corazón si no formaras una familia, hija. No quiero que te quedes sola y, francamente, no quiero morir sola mientras tú estás trabajando.

—Si estás tan sola, a lo mejor eres tú la que debería salir con alguien —le espetó Haley. Nada más decirlo, se arrepintió—. Mamá, perdona. De verdad. Sé que papá y tú… no quería decir eso.

Clara la miró, con la barbilla un poco temblorosa.

—No pasa nada. A lo mejor tienes razón. A lo mejor estoy poniendo una carga demasiado pesada sobre tus hombros. Lo siento —dijo, intentando sonreír—. En fin, supongo que no debería llamar a los otros hombres de la lista.

—¿Una lista?

Su madre hizo un gesto con la mano.

—Déjalo. Da igual.

El ruido de la caja registradora las distrajo a las dos y enseguida Adam y Jen se reunieron con ellas. Después de unos minutos de amable conversación, durante los cuales Haley tuvo que hacer un esfuerzo para sonreír, Clara y Adam salieron de la tienda.

Cuando la puerta se cerró tras ellos, Haley se dejó caer en una sillita.

—Soy lo peor. Lo peor de lo peor, un hongo, una bacteria... ¿qué digo una bacteria? El moho de una bacteria en putrefacción.

—¿Por qué dices eso? —preguntó Jen.

Ella le contó el comentario sobre la vida sentimental de su madre.

—Y mi padre murió sólo hace tres años. Para mi madre fue una tragedia... Soy una asquerosa.

—No seas tan dura contigo misma, mujer.

—No, en serio, estoy harta de que me presente hombres, pero podría haber sido un poco más delicada.

Jen inclinó a un lado la cabeza.

—No sé. A lo mejor tenías que decírselo. Tu madre sigue siendo una mujer atractiva.

Haley levantó una ceja.

—¿Tú crees que debería salir con alguien? ¡Pero es mi madre!

—No seas inmadura —replicó Jen, con la familiaridad que daban tantos años de amistad. Cuando has jugado a la comba y compartido chicos, no hay muchas cosas que no puedas decirle a una amiga.

Haley suspiró.

—Sí, ya. Pero tengo que llamarla para pedirle perdón.

—Eso está bien. ¿Seguro que no quieres salir con Adam?

—Seguro.

—Algo me dice que prefieres a un rubio alto al que le gustan los perros, las bicis y las pizzas. ¿Me equivoco?

—Sí.

—Venga ya. Yo creo que deberías salir con él —sonrió Jen.

Haley la miró, incrédula.

—¿Perdón? ¿Dónde estabas cuando hemos hablado de mi problema con los hombres? Estoy harta de los Adam y de los Rick de este mundo. Rick no es sólo un cachas, como todos los imbéciles con los que he salido, además me saca de quicio. ¿Quieres que me detengan por asesinato? Menuda amiga.

—Sí, supongo que tienes razón —dijo Jen, divertida.

Haley terminó de organizar la estantería de los juegos antes de cerrar para el fin de semana. No pensaba admitir que seguía pensando en un par de ojos azul zafiro, pero se fue a casa con ciertas dudas sobre su plan de tomar una pizza con su propietario.

# Capítulo tres

CUANDO sonó el timbre, a las ocho en punto, Haley se secó las manos nerviosamente en los vaqueros. Se había cambiado de ropa tres veces. Quería dejarle claro que aquélla sólo era una cena entre vecinos. No era una cita.

Aun así, no pudo olvidar completamente su vanidad y, por fin, eligió unos vaqueros y una camiseta con escote de pico en tono coral que le quedaba muy bien.

Atractiva sin ser provocativa. Estupendo. Estaba lista.

Con una sonrisa en los labios, Haley abrió la puerta. Y se le olvidó respirar.

Allí estaba Rick, pecadoramente masculino con unos vaqueros y una camiseta blanca. Un atuendo sencillo, pero cuando unos vaqueros y una camiseta se ponían sobre un cuerpo como el de aquel hombre, tomaban vida propia.

—Hola —dijo él, con una caja de pizza en la mano—. ¿Puedo pasar?

—Sí, claro —contestó ella, intentando llevar aire a sus pulmones.

—Estupendo. He traído cervezas —sonrió Rick, levantando una caja de seis—. ¿Te gusta la cerveza?

—Sí, sí.

«¿Te gusta el arsénico, Haley? Sí, sí. Cualquier cosa que me ofrezcas con ese flequillo que te cae sobre los ojos... Dios mío, ayúdame».

—¿Dónde está nuestra carabina? —Rick dejó la pizza sobre la mesa y miró alrededor. Al final de la escalera había una vallita protectora. Un cachorro de ojos oscuros con orejas esponjosas y enormes patas intentaba sacar la cabeza entre los barrotes. El perro, un labrador color chocolate, lloraba patéticamente.

—¿Sherlock?

—El perro que he secuestrado, sí —sonrió Haley—. Es un poco bruto, así que prefiero dejarlo arriba cuando tengo visita.

—Venga, pobrecillo. No me importa que se me tire encima —sonrió Rick.

—Muy bien, pero luego no digas que no te he advertido —suspiró ella, subiendo para abrirle la valla.

Con un ladrido de alegría, Sherlock bajó la escalera al galope y se lanzó sobre Rick.

Riendo, él sujetó su collar.

—Sherlock, abajo. Sienta.

Haley se quedó atónita al ver que su imposible cachorro se sentaba, mirando fijamente a Rick. Cuando intentó subirse de nuevo, él usó el mismo tono firme:

—Abajo. Sienta.

Ella se quedó mirando, incrédula.

—Buen chico. Muy buen chico —sonreía Rick, acariciándolo hasta que Sherlock se tiró al suelo, una masa de pelo en éxtasis.

—¿Cómo lo haces? —preguntó Haley, sorprendida.

Él se encogió de hombros.

—Se me dan bien los perros. Sherlock es un cachorro y tiene mucho corazón. Necesita una voz firme y consistencia en las órdenes.

—Ya.

—Bueno, ¿cenamos? Estoy muerto de hambre —sonrió Rick, metiéndose las manos en los bolsillos del pantalón. La postura estiraba la tela, destacando el bulto bajo la cremallera.

Haley tuvo que tragar saliva.

—La cocina está por aquí.

En realidad, el primer piso del apartamento consistía en una enorme habitación, dividida sólo por los muebles. Y la pizza ya estaba en la mesa de la cocina.

—Estupendo.

Rick observó una colección de osos de peluche antiguos colocados sobre una estantería pintada de amarillo.

—Bueno, siéntate —dijo Haley.

—Gracias. No sabía lo que te gustaba, así que he pedido una pizza con todo. Lo que no te guste, puedes quitarlo.

—No, está bien —murmuró ella, tomando un trozo.

Cuando acabaron con la pizza, Haley sonrió.

—Gracias por la cena.

Ah, la pizza, qué buena forma de romper el hielo entre dos desconocidos. Ver a alguien intentando meterse el queso fundido en la boca y chupándose la salsa de tomate de los dedos tendía a romper barreras. Ya no se sentía intimidada, todo lo contrario.

—Bueno, vecino, háblame de ti. ¿Eres nuevo en la ciudad o sólo en el edificio?

—Sólo nuevo en el edificio —contestó él.

—¿Eres de St. Louis?

Rick negó con la cabeza.

—Crecí en Chicago, pero me vine a vivir aquí hace cinco años.

—En Chicago, ¿eh? ¿Te viniste aquí y abriste una tienda de bicicletas?

—Eso es —contestó él, sin mirarla—. Me gusta St. Louis. ¿Por qué, algún problema?

—No, claro que no —se encogió Haley de hombros—. Es que pensé...

—¿Qué?

—No, me preguntaba si tendrías otras ambiciones. Seguro que una tienda de bicicletas es interesante, pero...

—¿Pero? —la sonrisa de Rick era un reto.

—Pero nada. Simple curiosidad. Estamos jugando a buenos vecinos, ¿no?

—Eso es —él se relajó un poco, pero seguía alerta—. Bueno, vecina, ¿qué tal te va?

—Bien. Ya sabes que tengo una tienda de juguetes.

—Sí, me gusta mucho tu tienda.

—Gracias.

—¿Eres de aquí?

—Nací y crecí aquí. Aunque hay días en los que podrías convencerme para que me mudase a Tombuctú. Mi madre... se preocupa demasiado por mí —Haley hizo una mueca al recordar que la llamada de teléfono no había compensado sus agrias palabras.

—¿Y debería?

—No, la verdad es que no. Soy bastante pacífica. Aunque, a veces, no muy brillante. Pero no soy un peligro para los demás.

—Sólo para ti misma —resumió Rick, asintiendo—. Supongo que te refieres a tu vida amorosa.

—¿Por qué dices eso?

—Por tu proyecto para cazar a un freaky. Y por la nauseabunda conversación que he oído esta tarde en la tienda de informática.

Haley hizo una mueca.

—Pensé que habíamos firmado una tregua.

—Con tregua o sin ella, no puedes dejarme colgado... cuéntame.

—No sé... sinceramente, creo que podría dejarte colgado con mucha facilidad.

—Del cuello, ¿no?

—Es una idea tentadora —dijo Haley.

—Para ser tan pequeña eres muy sanguinaria —sonrió Rick.

Ella se levantó entonces.

—Bueno, pues ya está. Ya hemos cenado. Ha sido muy divertido. Lamento que tengas que irte, pero así es la vida, ¿no? —sonrió, tirando la caja de pizza y las servilletas de papel a la basura.

Esquivando el empujón verbal, Rick se cruzó de brazos.

—Si no me lo explicas, tendré que sacar mis propias conclusiones. Vamos a ver... Has roto con tu novio hace poco y ahora estás buscando un sustituto. La cuestión es: ¿por qué? ¿Por qué buscas un freaky? No pareces una mala persona. Al menos, no «muy» mala. O sea, que lo que quieres es darle una lección a alguien o usar a un tío... Ah, ya veo. Tienes una reunión de antiguas alumnas o algo así. Necesitas una cita, alguien a quien puedas presentar a tus amigas para dejarlo después sin ninguna complicación —Rick se arrellanó en la silla, complacido consigo mismo—. Oye, sin problema. Pasa de los freakies. Yo estoy disponible y soy medio respetable. ¿Por qué no me invitas a ir contigo?

—Te equivocas. Aunque tienes mucha imaginación —sonrió Haley. Pero como él no se movía, tomó la bayeta y se puso a limpiar furiosamente un trozo de queso pegado a la mesa. Cuando se incorporó, Rick estaba mirando fijamente su trasero.

—Muy bien. No hay ninguna reunión. A lo mejor sólo quieres una cita con un chico normal. ¿Qué tal yo? Tengo treinta y dos años, soy inofensivo, buena gente, soltero y dicen que simpático —dijo entonces, poniendo cara de bueno.

—Gracias, pero no. No quiero salir contigo.

—¿Por qué no? Me ducho todos los días, nunca he estado en la cárcel y puedo ser divertido cuando quiero.

Suspirando, Haley dejó la bayeta.

—No es nada personal. Eres un tío atractivo y estoy segura de que podrías salir con quien te diera la gana. Es que yo ya no salgo con ese tipo de hombre.

—¿Qué tipo de hombre?

—Muy guapo.

Rick sonrió, encantado.

—¿Tú crees? Fíjate, yo también pensé que eras guapa la primera vez que te vi. Un poco rara, pero mona. Fueron las pecas, creo.

Siempre me han gustado.

—Gracias —suspiró Haley, haciendo una mueca—. Y ahora, si hemos terminado, tengo mucho que hacer...

Él se levantó, con desgana.

—¿Qué pasa con esa cita?

—No habrá ninguna cita, ya te lo he dicho. Siento que eso te ofenda... No es nada personal, no tiene nada que ver contigo, ¿de acuerdo?

—Muy bien, entonces dime la razón «impersonal».

Haley cerró los ojos, buscando paciencia.

—Porque eres muy guapo. No voy a salir contigo porque eres muy guapo. He jurado no volver a caer en las redes de un tío guapo, cachas y encantador.

El ego de Rick se inflaba por segundos.

—¿Y yo soy guapo, cachas y encantador? Me halagas.

Ella sonrió, diabólica.

—Rick, en este momento, estás en el grupo de hombres con el que no voy a salir. Y ahora que he respondido a tu pregunta, ¿te importaría marcharte? —le espetó, abriendo la puerta—. Adiós —dijo luego, cerrando de un portazo.

Él se quedó en el rellano, pensativo. La primera vez que vio a Haley pensó que era una maníaca muy sexy. Se preguntó entonces si tendría pecas por todo el cuerpo, como sugerentes invitaciones en una piel que parecía no haber visto nunca el sol.

Aclarándose la garganta, Rick abrió la puerta de su apartamento.

Pero después de ver el cuaderno se había visto obligado a intervenir. Y eso hizo. Y por eso le había pedido que saliera con él, aunque admitía que sus razones no eran enteramente altruistas. Se sentía atraído por Haley y quería salir con ella.

No parecía una mala chica, sólo un poco descarriada. Pero acabaría haciendo daño a alguno de los tíos que se había marcado como objetivo. Aunque fuese por accidente. Y los pobres ya soportaban demasiado sin tener que aguantar las idiosincrasias de Haley Watson.

Rick sabía muy bien lo que era ser objeto de burlas. Durante muchos años había sido delgadísimo, corto de vista y más bien torpe con la gente. Gracias al ciclismo, a las lentillas y al éxito profesional había logrado superarlo, pero…

Después de tirar las llaves sobre la mesa, fue a la cocina para sacar una cerveza de la nevera. Al otro lado de la calle había un patio infantil. Siendo viernes por la noche, los niños no se habían ido a dormir y podía oír sus risas y sus gritos. Como siempre, había uno apartado de los demás, sentado en un banco.

Rick arrugó la nariz. No, no creía que Haley quisiera hacerle daño a nadie. Pero no le gustaba que eligiera sus citas como si fuera a comprarse un par de zapatos.

Actuaba como esas mujeres que tonteaban con él sólo porque habían oído su nombre en la cadena de televisión local. Seguía sin creerlo. Habían hecho un reportaje sobre los diez solteros más deseables de St. Louis... como si fuera un menú donde elegir. Y aunque sintiera simpatía por las mujeres solitarias, Rick no tenía intención de sacrificarse por ninguna de ellas.

Y para rematar, la periodista había dado la dirección de su nuevo apartamento. De modo que ahora, a pesar de sus esfuerzos, algunas de ellas iban a buscarlo a casa.

Rick se dejó caer en el sofá. No se le escapaba la ironía de la situación. Todas esas mujeres intentando cazarlo porque ya no era un freaky y había conseguido el éxito profesional y Haley, por otro lado, pasando de él porque no lo creía un freaky. Uno no podía ganar aunque quisiera.

—Rick, la línea dos.

—¿Dígame? —Rick levantó el auricular,

sin dejar de teclear a toda velocidad.

—Otra vez tienes la nariz pegada a la pantalla, seguro —la voz femenina tenía un tono burlón.

—¿Y qué? Así me gano la vida, mamá —sonrió él.

—Lo sé, cariño. Pero deberías pasar más tiempo en la tienda de bicicletas. Necesitas un poco de variedad en tu vida.

—Suelo ir un par de veces por semana, pero no tengo más tiempo. Sigo buscando un gerente para que lleve mis cosas aquí y, una vez que lo tenga, la tienda se llevará sola, como la de Chicago y la de Springfield. Así podré pasar más tiempo con mis bicicletas.

—Ya veo.

—¿Cómo están las chicas?

Tenía seis hermanas, todas más jóvenes que él. Eso era suficiente para que a un hermano mayor le salieran canas antes de tiempo.

—Bien, cariño. Aunque no tengan cerca a su hermano.

—Me alegro. Dile a Stephanie que iré al cumpleaños de Rowan el mes que viene. No todos los días un sobrino cumple cinco años.

—Muy bien. ¿Vas a venir con alguien? —preguntó su madre entonces, así, como si nada.

Rick imaginó una nariz pecosa arrugándose.

—Probablemente no.

—Bueno, de todas formas nos encantará tenerte en casa unos días. ¿Qué tal el nuevo apartamento?

—Es pequeño, discreto, en un buen barrio. Pero ya sabes que no me quedaré mucho tiempo. Compraré una casa cuando los cotilleos me dejen en paz.

—No lo estarás pasando mal, ¿verdad, hijo?

—No, claro que no. Es un buen edificio y los vecinos son simpáticos.

—¿Es muy pequeño?

—No, está bien.

—¿Tienes una habitación para invitados?

—¿Qué tipo de invitado? —preguntó Rick.

Su madre dejó escapar un suspiro.

—Gregory.

—No, lo siento. Estoy harto de buscarle trabajo. Es un genio de la informática, pero no sabe lo que es la ética profesional.

—Pero es tu primo, cielo. Pensé que os llevabais bien.

Rick cerró los ojos, sabiendo que tendría que admitir la derrota en cinco minutos. Su madre era una dulce y adorable apisonadora.

—Greg y yo nos llevamos bien. Cuando trabaja para otro.

—Esta vez, parece que de verdad quiere ganarse la vida. Y salir de casa de su madre. Ahora que su hermana ha vuelto no tienen mucho sitio. Y Greg es muy bueno en su trabajo, tú lo sabes.

—Quizá.

—Venga, Rick. Dale otra oportunidad. Yo creo que ha madurado mucho.

—Muy bien, muy bien. Pero seguro que lo lamentaré.

—Estupendo. Llegará en tres semanas.

—¿Tres semanas? O sea, que yo lo teníais todo planeado. Estás muy segura de mí, ¿no?

—Eres un buen hijo —rió su madre—. Sabía que le echarías una mano a tu primo.

—Porque no tengo elección —suspiró él, mirando su agenda.

—Llegará el día dieciocho, por la tarde. Por favor, trátalo bien. Seguro que le dará corte…

—Sí, mucho corte. ¿Cuánto tiempo va a quedarse?

—Ay, espera, se me quema el pan.

Rick oyó un ruido de cacerolas y luego un apresurado: «Adiós, cariño».

—No sé por qué va a darle corte invadir mi casa —murmuró, colgando el teléfono—.

Ya debería estar acostumbrado.

Mientras salía de la oficina, se preparó mentalmente para que su casa fuera invadida por un irresponsable. Sí, Greg tenía buen corazón, pero seguía actuando como un adolescente.

Y no lo ayudaba nada que todo el mundo lo protegiera. Su familia siempre encontraba excusas para su comportamiento, como si fuera un quinceañero. Probablemente porque lo parecía. Greg era muy delgado y llevaba gafas de culo de vaso, ropa de poliéster...

Rick sacudió la cabeza. Aparte de su irresponsabilidad y su falta de ética profesional, no podía dejar de sentir simpatía por su primo. Los genes familiares hacían que los Samuels fueran socialmente torpes, pero muy eficientes delante de un ordenador. En resumen, eran unos freakies, unos empollones. Si Haley lo supiera...

Rick se dio cuenta entonces de la oportunidad que se le presentaba.

No podía hacerlo. ¿O sí?

# Capítulo cuatro

TÍA Haley!

—Hola, Christopher —sonrió ella, cerrando el portal.

El niño hizo una mueca al ver el atuendo tan conservador que había elegido para su visita a una tienda de fotocopias. Tenía que copiar unos folletos de la tienda y, esperando que la sugerencia de Rick tuviera cierto éxito, se había vestido de forma apropiada.

O eso pensaba.

El niño arrugó la nariz.

—Estás rara.

Haley levantó una ceja. Debía ir muy rara si un niño de nueve años se daba cuenta. En lugar de los colores fuertes que solía usar, había buscado un atuendo más clásico. Y seguramente se había pasado.

—Tú también estas un poco raro, ¿no?

La sonrisa que esperaba no apareció. Todo lo contrario, el niño bajó la cabeza.

—¿Qué pasa, Chris? —preguntó Haley, poniéndose en cuclillas—. A ver si lo adivino. No te has comido las judías verdes y tu mamá no te deja usar el ordenador.

Él negó con la cabeza.

—¿No te has comido el ordenador y tu madre no te deja jugar con las judías verdes?

Chris volvió a negar con la cabeza, pero disimulando una sonrisa.

—¿Tu tortuga se ha comido las judías verdes y ahora no quiere soltar el ordenador?

El niño soltó una carcajada.

—Eres más boba...

—Siempre me dices eso —rió Haley, abrazándolo—. Bueno, cuéntamelo. ¿Te ha pasado algo en el colegio? ¿Qué tal con tu nueva profesora?

—La señora Simpson es buena —suspiró Chris, melodramático—. Pero los otros niños se burlan de mí porque soy bajito.

—Ah. Eso también me pasaba a mí y me dolía mucho. ¿Sabes lo que yo solía hacer cuando los demás niños se burlaban de mí?

—¿Qué?

—Les hacía reír. A todo el mundo le gusta reír y cuando les pareces gracioso ya no te ven bajito. ¿Sabes algún chiste?

—Uno, pero se lo oí a otro niño. Y se lo contó a todo el mundo, así que ya se lo saben.

Haley asintió, pensativa.

—Hay un libro de chistes muy bueno en mi tienda. Creo que te gustaría.

—¿De verdad?

—De verdad. Y como eres amigo mío, puede que lleguemos a un acuerdo.

—¿Cuál?

—A Sherlock hay que cepillarlo regularmente y como yo soy mayor me cuesta trabajo agacharme. Si vienes a casa y lo cepillas por mí cuando tu mamá te deje, te regalaré el libro. Es un trato justo, ¿no?

Los ojos de Christopher brillaban, ilusionados. El niño adoraba a Sherlock.

—¡Trato hecho!

—Muy bien. Pero habla con tu mamá, a ver qué le parece.

—¡Ahora mismo! —gritó Chris, corriendo por el rellano.

Ella sonrió. La infancia no era siempre fácil.

—Lo has hecho muy bien.

Haley se volvió. Era Rick, que la miraba con una expresión muy rara.

—Estabas escuchando. Otra vez. ¿Espías a todo el mundo o sólo a mí?

—Para ser sincero, creo que tengo un interés especial en ti. Sigo sin entenderte.

—Tómate el tiempo que haga falta. De hecho, te dejo solo para que puedas seguir analizando mi comportamiento —sonrió Haley, taconeando por el rellano.

Rick la vio bajar la escalera. No había mentido. Seguía sin entender a aquella chica.

Cuando creía conocerla, ella hacía algo completamente sorprendente.

Como lo que acababa de hacer, por ejemplo: tratar al niño de una forma sensible e inteligente. Era difícil conciliar esa imagen con la chica que preparaba una trampa para pillar a un freaky. ¿Cómo podía ser tan sensible para unas cosas y tan ciega para otras? Y para ello, hasta cambiaba de forma de vestir. ¿Estaba intentando ser conservadora? Si era así, debería mirarse al espejo. Porque esa faldita ajustada hacía cosas tremendas con su trasero. Su única esperanza era mantener las distancias para determinar cuál era la auténtica Haley.

Rick empujaba su bicicleta por el rellano. Había llegado a casa en bici todos los días a las seis durante una semana para ver si se encontraba con Haley. Por ahora, la estratagema no había dado resultado.

Pero tenía otra excusa para hablar con ella.

Después de aparcar la bicicleta en la habitación de invitados, tomó una carta que habían echado en su buzón por error y se dirigió al apartamento de su vecina. Llamó al timbre y sonrió al oír los ladridos y el ruido de pezuñas sobre el suelo.

66

—¡Espera, Sherlock, no!

Luego, una maldición, ruido de agua y otra maldición. Haley abrió la puerta, empapada de arriba abajo.

—Hola, Rick —lo saludó, con exagerada paciencia.

—Hola, ¿cómo estás?

—Ya ves —suspiró ella, mirando la cabecita de Sherlock, que asomaba entre sus piernas—. ¿Qué querías?

Rick le mostró la carta.

—Sólo venía a…

De repente, un gato persa apareció en el rellano y Sherlock se lanzó escaleras abajo.

—¡Sherlock, no!

—No te preocupes, voy yo —dijo Rick, dándole el sobre.

Haley cerró los ojos al oír un maullido y un ladrido lastimero. Luego, un estruendo de latas y un grito masculino.

—Oh, no. Otra vez no —murmuró. Era el día de la basura y Sherlock tenía pasión por los cubos y su contenido.

Unos minutos después, Rick reaparecía, con un Sherlock deprimido y obediente a su lado.

—Oh, Rick, no.

—Oh, Haley, sí —dijo él. Algo verde colgaba de una de las orejas de Sherlock y sus patas estaban manchadas de un líquido

beige. La camiseta de Rick tenía trozos de...
cosas y una piel de naranja pegada al pantalón. Evidentemente, habían hecho una gira
por los cubos de basura.

—Creo que esto es tuyo —dijo él entonces, tomando a Sherlock en brazos.

Intentando no reírse, Haley tomó a su cachorro y luego vio cómo Rick volvía con toda
dignidad a su apartamento. Mordiéndose
los labios, consiguió controlar una carcajada hasta que las dos puertas estuvieron
firmemente cerradas. Entonces se echó a reír
hasta que se le saltaron las lágrimas. Sherlock
ladraba e intentaba chuparle la cara.

—No me toques. A la bañera contigo
ahora mismo. Y esta vez, te vas a bañar tú,
no yo.


Una hora después, Rick abría la puerta a
una pareja perfectamente limpia. Sujetando
firmemente la correa de Sherlock, Haley le
hizo una oferta de paz:

—He pensado que las preferirías un poquito más frescas —dijo, conteniendo la
risa.

Rick aceptó la cesta de naranjas que le
ofrecía.

—Entra, anda.

Riendo, Haley entró en el apartamento

con su travieso cachorro y miró alrededor, sin disimular la curiosidad. Era un sitio agradable, pero incuestionablemente masculino, con muebles de madera oscura y pocos adornos. Nada que ver con sus osos de peluche, sus antigüedades y sus estanterías de colores, pensó.

—Siento mucho lo de antes. Qué recompensa tan terrible después de rescatar a este perro loco.

Rick hizo un gesto con la mano.

—No te preocupes. Sherlock y yo hemos decidido que fue culpa del gato.

—¿Te has percatado de las similitudes que hay entre la lógica canina y la lógica masculina?

—El perro es el mejor amigo del hombre, ¿no? ¿Quieres beber algo?

—No, sólo pasaba para darte la cesta...

Rick la empujó hacia el sofá.

—Si te vas, me sentiré ofendido. He tenido que meterme hasta las cejas en basura para salvar a tu perro, recuerda. Creo que me merezco unos minutos.

Ella sonrió, sin duda disfrutando al imaginarlo enterrado en mondas de patata.

—No sé si me gusta esa sonrisa tuya.

El rostro de Haley se iluminó. Las narices con pecas siempre deberían arrugarse así, decidió Rick. Y se preguntó entonces si Tim apreciaría eso tanto como él.

—Bueno, ¿y qué sabes del tipo de la tienda de informática?

Haley se encogió de hombros.

—Nada que tú no sepas. Hemos quedado mañana.

Rick fue a la nevera para sacar dos refrescos.

—¿Te apetece?

—Sí, gracias.

Después de darle uno, se sentó a su lado en el sofá, acariciando la cabeza de Sherlock.

—¿Sin comentarios? —preguntó Haley.

—¿De qué serviría? —se encogió él de hombros.

Sherlock se subió al sofá sin pedir permiso y se tumbó sobre el regazo de Rick para recibir más caricias.

—No sé por qué todo esto te parece tan ofensivo. Yo no soy una loca ni una viuda negra. Sólo voy salir con Tim, así de simple.

—Y así de calculado —dijo él.

—¿Y qué? He salido con otros tíos y siempre he acabado escaldada. Esta vez no quiero que me pase. Sencillamente, he aprendido de mis errores.

Rick levantó una ceja.

—¿Tu ex novio, por ejemplo?

—Pues sí, exactamente. Peter fue uno de mis grandes errores, pero he salido con muchos como él. Infiel, egoísta, desconsiderado. Pero era guapo. Y esta vez, busco un hombre leal, atento y generoso. Estoy harta de imbéciles que dicen que me quieren cuando sólo se quieren a sí mismos.

Rick acarició las orejas de Sherlock.

—Creo que te entiendo, pero ésta no es la forma de hacerlo.

—Hablas como Jen —suspiró Haley—. Es mi socia y amiga.

—Ah, sí. ¿A ella tampoco le gusta tu plan de engañar a un freaky?

—No tengo intención de engañar a nadie.

—Por favor... te vi con ese chico el otro día. Te hacías la ignorante sólo para conseguir una cita.

—Sólo estaba siendo agradable —protestó Haley.

—Sí, ya. En serio, Haley, que sea un tío raro no garantiza que sea buena persona. Hay todo tipo de imbéciles en este mundo.

Ella dejó escapar un suspiro.

—Es posible. Pero éste es el plan por ahora. Si las cosas no funcionan, ya veré lo que hago.

Y, por el momento, el plan no iba como esperaba. Sólo tenía una cita con Tim. A pesar de sus tediosos preparativos con el vestuario, la prueba en la tienda de fotocopias había sido un desastre porque la empleada era una mujer.

—¿Tienes un plan B? —preguntó Rick.

—No es asunto tuyo —murmuró Haley, mirando a su cachorro tumbado panza arriba para recibir las caricias de Rick—. ¿Y qué le has hecho a mi perro? ¿Sherlock?

El traidor la miró un momento antes de rozar la mano de Rick con la nariz para que siguiera tocándolo. Haley no podía dejar de mirar esos dedos tan largos, tan tiernos, tan sabios. «Afortunado Sherlock», pensó, apartando la mirada.

—A tu perro le caigo bien. ¿No es una buena señal? Deberías buscar un hombre que se llevara bien con los niños y los perros.

Haley sonrió aviesamente.

—Seguro. Ésas son cualidades estupendas. Todas las mujeres buscan eso en un futuro marido. Así se sabe qué clase de padre sería. Y yo diría que estás preparado para ir al altar. ¿Quieres casarte con Sherlock, Rick?

—No, pero podríamos salir de vez en cuando. ¿Tiene que llegar a casa antes de las diez?

—Eres retorcido —rió Haley.

—Eso dicen.

—Se te dan bien los perros.

Rick sonrió.

—Tengo experiencia. Siempre hemos tenido un par de perros en casa. Y éste va a ser muy listo. Pero necesita obedecer las órdenes.

—A lo mejor deberías intentarlo tú. Es un cielo, desde luego, pero cuando se come mi ropa... o los muebles, o la alfombra...

Rick dejo de rascar la tripita de Sherlock.

—¿Cuándo empezamos?

—Lo dirás de broma.

—Se me dan bien los perros, tú misma lo has dicho.

—Pero, ¿por qué ibas a querer entrenar al mío?

Él se puso serio.

—Quizá para demostrarte que no todos los hombres son unos canallas.

Haley lo estudió atentamente, intentando ver un brillo de falsedad en sus ojos. Sería tan fácil creerlo... pero no.

—Eso ya lo sé.

—Sí, seguro. Tú crees que los hombres son príncipes o ranas. ¿En serio crees que un tío tiene que ser feo y socialmente inepto para ser una persona decente?

Ella respondió con una sonrisa irónica.

—No. Sólo creo que tengo más posibilidades de acertar pensando eso. No se me dan bien los hombres y estoy empezando a creer que es porque sólo veo el exterior. Si quito el cuerpazo y la cara atractiva no habrá nada que me distraiga, ¿no?

—¿Quieres eliminar la atracción sexual? Eso es absurdo, Haley. ¿Cómo vas a acostarte con él si no te sientes atraída?

Y qué pena sería eso. Rick no podía imaginar toda esa energía, esa pasión, echados a perder. Si le diera una oportunidad para demostrarle que podían llevarse bien,...

Ella negó con la cabeza, las mejillas enrojecidas.

—Digamos que en esto no estamos de acuerdo, ¿te parece? Y gracias por ofrecerte a entrenar a Sherlock, pero no puedo pedirte eso. Lo intentaremos solos durante un tiempo, ¿verdad, chico?

Aún suspirando de canino placer, el cachorro no se molestó en contestar.

—Venga, Sherlock.

—Si cambias de opinión, dímelo —dijo Rick, poniéndose en pie. En unos meses, Sherlock sería más grande que su dueña, pensó, viéndola tirar de la correa.

—Gracias por el refresco. Y gracias por rescatar a mi perro. Parece que te has ganado un amigo de por vida.

—Eso estaría bien —sonrió él, mirándola a los ojos.

—No estamos saliendo, que lo sepas.

—Me rompes el corazón.

Sin dignarse a responder, Haley se dirigió a la puerta.

No, no era una persona sin corazón, pensó Rick. Despistada, sí, pero mala no. Y eso estaba bien.

Al día siguiente, Haley se deleitó contándole a Jen las aventuras de Sherlock y Rick en los cubos de basura.

—Tienes que darle una oportunidad a ese chico —rió su amiga.

—¿Quién lo dice?

—Yo. Si pudieras ver tu cara cuando hablas de él…

—No estarás diciendo que me he enamorado de Rick. Por favor… es alto, atractivo, me río con él y hace que me tiemblen las rodillas, pero nada más. Es demasiado guapo… las mujeres caen rendidas a sus pies.

Jen levantó los ojos al cielo.

—No, en serio, no te podrías creer la cantidad de mujeres que llaman a su puerta. A cualquier hora, además. Es un seductor. Letal —dijo Haley entonces.

—Es posible. Sólo lo he visto una vez y puede que sea un canalla. Pero no sé si confío en ti para juzgar a los hombres —sonrió su amiga, sacando animales de peluche de una caja. Cuando estaba ahuecando una iguana, se detuvo—. Oye, ¿por qué no le dices que se pase por la tienda? Así podré hablar un rato con él.

—No creo que sea necesario —dijo Haley.

—¿Por qué no? Ni siquiera le preguntaré si está saliendo con otra ahora mismo.

—No se te ocurriría. Pero no, déjalo. No pienso salir con él. Es mi vecino y potencial, pero platónico, amigo. Y punto.

—Aguafiestas —murmuró Jen—. Bueno, ¿estás lista para tu cita de esta noche?

Haley sonrió.

—Quieres vengarte, ¿eh? Pues sí, estoy lista. Y, al contrario que algunos, sigo teniendo la mente abierta sobre Tim. Fue muy simpático conmigo en la tienda y anoche me llamó por teléfono. Seguro que lo pasaremos muy bien.

Su socia levantó una ceja, pero no dijo nada.


La cita fue un fracaso total.

No porque Tim fuera aburrido u ofensivo. No. Era una persona decente y considerada. Material estupendo como marido, pensó Haley.

Para otra.

La llevó a un restaurante griego que estaba de moda y que no conocía, pero quería probar. Eso demostraba que estaba abierto a nuevas experiencias.

La espera para conseguir mesa fue eterna, algo por lo que ninguna persona razonable culparía a Tim, pero...

—Lo siento mucho, Haley —se disculpó él por enésima vez, mientras miraba el reloj. Tenía la frente cubierta de sudor y se le escurrían las gafas—. A lo mejor podríamos ir a otro sitio o... ¿y si le doy una propina al maître?

—No, por favor —dijo Haley, intentando sonreír—. No pasa nada, de verdad. Nos quedaremos aquí, en la barra, esperando. No hay prisa, ¿no?

—Ya, claro —Tim siguió mirando alrededor, como si esperase un milagro. Haley no pudo dejar de notar las marcas de sudor en las axilas. Si no levantaba los brazos, quizá...

Entonces se aclaró la garganta.

—Bueno, Tim, cuéntame algo de ti. ¿Qué te gusta hacer? ¿Alguna ambición profesional? —preguntó, en tono juguetón, a pesar de su deseo de salir corriendo.

Él parpadeó, nervioso.

—Pues... estoy en tercero de carrera...

—Ah, qué bien.

¿En tercero? ¿Podía beber alcohol?

—Debería haberla terminado ya, pero me tomé un par de años sabáticos.

Ella asintió, recalculando su edad y la posibilidad de que la policía les hiciera un control de alcoholemia. Media hora después, el maître los llamó para que ocuparan su mesa.

Una vez sentados, Haley pidió un plato de *gyros* y Tim hizo lo mismo. Ahí empezó lo más duro. Quizá estaba nervioso o quizá temía el silencio, fuera cual fuera la razón, hablaba rápido y sin respirar. Sus temas de conversación se limitaban a los ordenadores y al título en Ingeniera Informática que esperaba lograr.

—Así que vas a ser ingeniero informático. Eso suena interesante —dijo ella, para animarlo—. ¿Y qué haces para divertirte?

Tim sonrió de oreja a oreja, con los ojos brillantes de entusiasmo.

—Bueno, ahora hay un nuevo juego de ordenador…

A Haley se le heló la sangre en las venas. Era un cielo, el pobre. A pesar de su problema con el sudor. Se llevaría fenomenal con Christopher, el hijo de la vecina.

Por muchas razones. Tim tenía veintitrés años, pero su torpeza lo hacia parecer más joven. Entre ellos había un mundo de diferencia en experiencias e intereses personales.

Peor, ni siquiera Tim podía hacer amena

una velada hablando sólo sobre informática. Cuando terminaron con la ensalada, pareció quedarse sin gas y el pobre intentaba desesperadamente no mirarla.

Podía entenderlo. Una chica sólo puede levantar la mirada y sonreír determinada cantidad de veces en una noche. Empezaba a dolerle la cara.

Cuando el camarero les llevó la cuenta, Haley le bendijo en silencio.

—Invito yo —dijo Tim, a punto de tirar el vaso de agua en su prisa por quedar bien.

—Podemos pagar a medias. Tú tienes que pagar la universidad... y eso es importante —insistió Haley—. Además, yo soy una mujer moderna.

Riendo, Tim aceptó.

Cuando salieron del restaurante, Haley dijo que estaba cansada y se despidieron, para alivio de ambos.

Aun así, no estaba descorazonada, pensó, mientras subía las escaleras de su apartamento. Cierto, Tim no era hombre para ella y había sido bastante incómodo. Pero era un buen chico. Quizá, en cierto modo, estaba en el camino correcto.

—Hola, Haley. ¿Ya te vas a dormir? —sonrió Rick, mirándola por encima del hombro. Estaba en cuclillas frente a su puerta, con una lata de 3 en 1 en la mano.

Haley se quedó inmóvil, recordando de repente historias sobre asesinos en serie y las cosas que le hacían a sus vecinas y conocidas.

—¿Se puede saber qué estás haciendo?

—Arreglándote la puerta. Cada vez que llegas a casa, te oigo empujarla hasta que consigues abrir. Aparentemente, la casera no pensaba hacer nada, así que me he dicho: voy a echarle una mano. A ver, prueba.

Haley lo miró, recelosa.

—Sólo estaba intentando hacerte un favor —insistió Rick, sorprendido. Pero ella seguía sin moverse—. Vale, muy bien. Era una excusa para comprobar a qué hora volvías a casa. Sólo quería asegurarme de que ese chico no se ponía pesado. Ya sabes, soy un buen vecino.

Haley consideró esa explicación. Quizá no era toda la verdad, pero...

—Muy bien —dijo, sacando la llave. Aquella vez, la puerta se abrió sin ningún problema—. Funciona estupendamente. Gracias, Rick. ¿Quieres entrar? Hice unas galletas por si...

—¿Por si acaso ese chico era el príncipe azul?

—Por si acaso... sí, bueno, pensé que si nos caíamos bien podría invitarlo a un café con galletas.

Y luego enviarlo a su casa.

—¿Pero no se merece las galletas?

Haley dejó escapar un suspiro.

—Para nada.

—Bueno —sonrió Rick, frotándose las manos—. No me gustaría dejar una bandeja de galletas sin tocar. Vamos por ellas.

Haley encendió la cafetera y subió a su habitación para liberar a Sherlock. Pero cuando abrió la vallita, se quedó helada.

Mientras ella cenaba con Tim, Sherlock había estado ejercitando los dientes. Y los intestinos. Las cortinas estaban hechas jirones, un sospechoso olor emanaba de un montón de ropa tirado en una esquina y su cama parecía un colchón sujeto por cuatro palillos mordidos.

Cuando por fin pudo encontrar la voz, lanzó un alarido que envió a Sherlock a una esquina, acobardado, y a Rick escaleras arriba.

—Parece que tu perro se aburría. O estaba celoso. ¿Tu chico te vino a buscar a la puerta?

Haley lo miró por encima del hombro, haciendo un recuento mental de los daños.

—¿Qué tiene eso que ver?

—Sherlock te considera su propiedad personal y así muestra su desaprobación. Por completo —dijo él, intentando contener una risita.

Haley decidió darle un codazo.

—¡Ay! —la sonrisa de Rick desapareció.

Apartando la valla, ella entró en el dormitorio y se acercó a Sherlock, que la miraba con cara de susto. Golpeó el suelo con la cola una vez, esperanzado.

—¿Por qué no dejas que me lo lleve un rato? Así podrás limpiar esto un poco. A menos que quieras que te ayude...

Haley estiró los hombros.

—No, puedo hacerlo sola. Gracias.

—De nada. Vamos, Sherlock, a la calle.

Haley se quitó los zapatos y se puso a trabajar.

Pero cuando inspeccionó debajo de la cama, podría haberse puesto a llorar. Allí estaba Raggan, la muñeca de trapo con la que solía jugar cuando era pequeña. La había colocado en un sitio de honor, sobre un baúl de cedro al pie de su cama... Ahora Raggan parecía un trapo roto, con trozos de algodón amarillento saliendo de varios agujeros.

Apretando la muñeca con una mano, Haley bajó al salón, fulminando a su cachorro con la mirada cuando volvió con Rick.

—¿Qué pasa?

La destrozada muñeca contaba toda la historia. Igual que las lágrimas de Haley.

—Sherlock, malo.

El perro dejó caer las orejas, la cola y los

párpados. Se sentó en el suelo y miró a su dueña con cara de pena.

—Siento lo de la muñeca.

—No pasa nada. Puedo arreglarla —dijo ella, sin mirarlo.

Rick asintió, apretando su hombro.

—¿La oferta de entrenar a Sherlock sigue en pie? Porque si es así, acepto. Antes de que cambies de opinión —intentó sonreír Haley.

Él le secó una lágrima con el dedo.

El gesto contenía una ternura que la sorprendió. Pero Haley dio un paso atrás, metiendo distraídamente trozos de algodón en los agujeros.

Rick se aclaró la garganta.

—¿Por qué no termino yo de limpiar mientras tú te pones algo más cómodo?

—Sí, buena idea —Haley exhaló, inhaló—. Voy a cambiarme.

Incómoda y confusa por el momento íntimo que acababa de compartir con su vecino, agradeció tener un momento de soledad. Sin mirar el desastre que Sherlock había organizado, sacó una camisa y un pantalón de chándal del armario y se encerró en el baño. Una vez dentro, se miró al espejo para ver si las lágrimas habían destrozado su maquillaje. No. Estaba bien.

¿Y por qué le importaba estar bien?, se regañó a sí misma. ¿Empezaba a gustarle Rick?

Por favor, ¿a quién quería engañar? ¿Cómo no iba a gustarle?

Haley se quitó las medias, arrugando la nariz. Oía ruidos en su habitación. Eso de cambiarse de ropa mientras un chico limpiaba su habitación era algo muy íntimo. Y excitante.

Lo imaginó de rodillas, con esos vaqueros ajustados, y tuvo que ahogar un gemido. ¿Por qué no llevaba ropa ancha? No, él tenía que llevar camisetas que se pegaban a sus bíceps y vaqueros gastados que abrazaban un trasero increíble. Tenía que mantener los ojos por encima del cinturón para no ruborizarse o peor, ponerse a jadear.

Haley cerró los ojos mientras se abrochaba la camisa. ¿Qué estaba haciendo? ¿De verdad le gustaba Rick? Se preguntó entonces si debía salir con él. Sólo un par de veces, para convencerse de que, como los otros príncipes, era un imbécil redomado. Además, si lo veía a menudo se acostumbraría a su más que considerable atractivo.

Pero no hacía falta, se dijo. Podía verlo sin riesgos, sólo eran vecinos. Suspirando, escuchó los ruidos en su habitación: un spray y luego unos silbiditos. ¿Cómo no iba a gustarle un hombre que silbaba mientras limpiaba la alfombra?

Haley abrió la puerta del baño con una

sonrisa en los labios.

—Ya estoy mucho mejor. Gracias.

Rick se incorporó, mirando descaradamente el pantalón de chándal, que era ajustado, tipo leggings. El impacto de su mirada fue increíble.

—Mucho mejor, sí —Rick se aclaró la garganta—. Bueno, yo casi he terminado. ¿Qué tal va ese café?

—Sí... bueno, voy a ver.

Haley trotó escaleras abajo, controlando el paso para que no pareciese una retirada. Aunque lo fuera. Los ojos de ese hombre no deberían entrar en la habitación de una mujer.

Después de comprobar que el café estaba listo, se acercó al contestador. Mientras rebobinaba la cinta, vio a Rick bajar la escalera con las bayetas en la mano.

Entonces, una voz masculina resonó en el silencio del salón.

—Hola, Haley. Soy Peter...

# Capítulo cinco

HOLA, Haley. Soy Peter... Siento el... malentendido del otro día —pausa. Suspiro—. Oye, esto es más difícil de lo que creía. Mira, sólo quería saber si...

Haley cerró los ojos, saboreando una exquisita satisfacción. Victoria. Peter iba a suplicarle una segunda oportunidad. Por supuesto, no quería volver con él, pero eso sanaría su dolorido ego.

—... podría ir a tu casa a buscar mi raqueta de tenis. Me la dejé allí la última vez y, bueno, es mi raqueta de la suerte. Dentro de poco tengo un torneo y... Bueno, me pasaré mañana alrededor de las seis.

Un clic y el contestador quedó en silencio.

Haley consideró asesinar al mecánico mensajero. Se dio la vuelta abruptamente y dio un salto al encontrarse con Rick detrás de ella.

—El ex, imagino.

—El ex.

—Menudo imbécil.

—No te lo puedes imaginar.

—Ya veo —suspiró él—. Supongo que habrás encontrado cierta satisfacción, al fin y al cabo el tipo te suplica que le devuelvas su raqueta de la suerte.

Haley sonrió.

—Sí, claro. Pero no creo que vaya a usar esa raqueta nunca más —su sonrisa se hizo diabólica—. Me enfadé un poco después de mi último encuentro con él.

La satisfacción que había conseguido vía intercomunicador desapareció cuando, al llegar a casa, encontró sus calcetines sucios en la lavadora. Los había dejado allí después de su último partido de tenis, sin duda esperando que los lavase para él como una buena chica. Entonces encontró la raqueta y...

—Como no tenía su cuello a mano, tuve que buscar un sustituto apropiado. Y sólo encontré una pobre raqueta de tenis. Una pena.

Rick soltó una risita.

—Sí, una pena. Supongo que va a llevarse un disgusto cuando le digas que su raqueta de la suerte ha fallecido.

Ella parpadeó, con cara de inocente.

—¿Por que voy a decírselo? —Haley abrió el armario del pasillo y sacó una masa de madera y cuerdas rotas—. La guardé, por si acaso.

—Uf, recuérdame que no te haga enfadar.

Sin dejar de sonreír, Haley volvió a guardar la raqueta.

Sin dejar de mirarla, Rick se dejó caer en el sofá.

—¿Qué pasó con Peter? Evidentemente, no os separasteis como amigos.

—Pensé que me habías oído en la tienda.

—Sólo oí lo de los príncipes y las ranas. Cuéntame lo que pasó.

Haley dejó escapar un suspiro.

—No nos separamos amistosamente. Fui a verlo a la oficina y encontré a su secretaria en su escritorio... desnuda encima de su escritorio. No sé si me entiendes.

—Ay —murmuró Rick.

—Ay, sí. Bueno, ¿te apetecen las galletas?

Él la estudió, muy serio.

—No, creo que no. Vámonos de aquí.

—¿Dónde?

Él se lo pensó un momento.

—Hay una cosa que quiero hacer desde que vine a vivir aquí. Ven, vamos.

Cinco minutos después, Haley miraba el patio y luego a él. Y luego soltó una carcajada.

—Tú también, ¿eh? —sonrió Rick, con cara de niño.

—Sí. Tanto que empezaba a preocuparme —rió Haley, corriendo hacia los columpios.

—No sé si esto podrá conmigo —murmuró Rick.

—Uhhhhhhhh, grandullón. ¿Eres demasiado grande, las cadenas no pueden sujetarte? —rió ella, balanceándose.

Rick intentó meter el trasero en uno de los columpios.

—No me preocupan las cadenas.

Haley le sacó la lengua.

Aceptando el reto, Rick tomó impulso y empezó a subir, a subir... De los columpios pasaron al tobogán. Era demasiado pequeño para él, pero Haley se lanzó a toda velocidad.

—Eres incorregible —sonrió él, echándosela al hombro—. Y portátil.

—¿Qué haces, bruto?

Rick la llevó a la rueda giratoria y le dio un buen impulso antes de subirse de un salto. Luego se apoyó en las barras mientras Haley se tiraba al suelo para ver las estrellas.

El cielo estaba cuajado de puntitos brillantes que daban vueltas y vueltas. Había luna llena. Era mágico. Y él la miraba con una sonrisa en los labios.

—Esto es muy divertido. Justo lo que necesitaba.

—¿Después de la cita aburrida y del mensaje de tu novio?

—¿Estás intentando buscar pelea? Sería una pena estropearlo todo.

—Contesta a mi pregunta —insistió Rick.

—Ha sido divertido. Sí, más divertido que mi cita y… prefiero hacer la declaración de la renta antes que hablar de mi ex.

—Entonces, sal conmigo. Una cita de verdad, no como vecinos.

—Una cita. Tú y yo —repitió ella.

—¿Qué te parece?

Haley sintió que su resolución de mandar a los príncipes a la mierda empezaba a temblar. Aunque no quería admitirlo, Rick tenía razón, lo pasaba mejor con él que con Tim. Y que con ningún otro. Se sentía atraída por él, pero más que eso, le gustaba hablar con él, estar a su lado. Rick Samuels la hacía reír.

Quizá debería darle una oportunidad. Quizá. Su sonrisa desapareció.

—¿Puedo pensármelo y contestarte mañana?

—¿Tan difícil es tomar una decisión? —suspiró él.

—Para mí sí.

—¿Por el proyecto caza-del-freaky?

—Sí —contestó Haley—. No es un plan perfecto, pero creo que conseguirá romper mi costumbre de enamorarme de tíos guapos.

Poco a poco, la rueda fue deteniéndose.

—Se hace tarde. Venga, te acompaño a casa.

Ella iba pensativa. Tenía la sensación de que Rick estaba a punto de tirar la toalla.

Si le decía que no, seguramente no volvería a pedírselo. A partir de entonces, no serían más que conocidos que vivían en la misma planta de un edificio.

Algo dentro de ella se rebeló. Y cuando estaban llegando a casa, lo sujetó del brazo.

—Espera. A lo mejor no me hace falta pensarlo tanto... ¡Ay! —Haley lanzó una exclamación cuando dos adolescentes se cruzaron con ellos a la carrera. El golpe la hizo tropezar con el escalón, pero él la sujetó por la cintura.

—¿Estabas diciendo?

—Estaba diciendo que no necesito pensármelo. Yo...

Se detuvo al ver una nota pegada en la puerta de Rick. Con unos labios rojos. Se acercó para leerla e iba por *Querido Rick, me siento sola* cuando él se la quitó de la mano.

—Olvídalo. No es nada. ¿Qué estabas diciendo?

Haley lo miró, con una ceja levantada. Nada, ¿eh? Sí, claro. De repente, sintió la necesidad de darle una patada a alguien. Pero no sabía si dársela a él por tentarla o a sí misma por olvidar lo que el cerdo de su novio le había enseñado.

—Estaba diciendo que buenas noches. Gracias por la invitación, pero no.

Debería haber seguido siendo una simpática vecina, pensó. ¿No iba a aprender nunca? ¿Cómo podía haber olvidado a las mujeres de Rick? Tantas mujeres. Y él debía animarlas, sin duda. Afortunadamente, había visto la nota en la puerta. Si no, se habría unido a la cola de desesperadas por conseguir su atención.

—Ya te he dicho que la nota no significa nada —insistió él, mientras Haley sacaba la llave—. Ni siquiera sé quién es esa tal Franny.

—¿Franny? Pues piénsalo. Tienes que acordarte.

—Mira, es sólo una de esas mujeres que…

Sólo una de esas mujeres.

—¡Por favor! —exclamó ella, furiosa—. He visto mujeres haciendo cola delante de tu puerta. Y sí, entiendo que esta pobre no signifique nada para ti. He tenido novios que eran como tú. Vamos, que hasta siento simpatía por la tal Franny.

Rick dejó escapar un suspiro.

—Ya me imagino. Parece que tienes mucho en común con ella. Más de lo que crees.

Luego se volvió, sin decir una palabra más. Ambos metieron la llave en la cerradura, en silencio. Distancia, necesitaba distancia, pensaba Haley. Y perspectiva.

Ella consiguió abrir la primera, sin duda

por la reciente aplicación de 3 en 1, pensó, sintiéndose como una tonta. Sí, Rick sabía hacer de todo. Con las mujeres, con las puertas, con los perros recalcitrantes.

—¡Y no te acerques a mi perro! —exclamó, antes de cerrar de un portazo.


Haley tiró las llaves en el sofá. Cuando vio que caían entre los cojines se encogió de hombros. Daba igual. Había estado a punto de cometer otro error. Menos mal que existía el ángel de la guarda para proteger a los locos y a los niños. Debería sentirse afortunada.

Entonces, ¿por qué no se sentía así?

El enfado fue desapareciendo poco a poco hasta convertirse en una leve irritación. Haley subió a su cuarto, acarició a Sherlock, que dormía sobre la alfombra, y se puso una camiseta que le llegaba hasta las rodillas. Era de Fútbol Flynn, si no recordaba mal. Y debía recordar. Debía recordar los peligros que entrañaba enamorarse de hombres demasiado guapos.


—Bueno, ¿qué tal la cita? —preguntó Jen el lunes.

Haley miró a su amiga con cara de pena.

—No muy bien.

—¿No fue lo que tú esperabas?

—No. Pero sé que estoy en el buen camino.

—¿Qué pasó?

Abrazando a su perro de peluche favorito, Haley se dejó caer sobre una silla.

—Después de la cita estuve un rato con Rick.

—Esto suena interesante. Cuenta, cuenta.

—La cita con Tim fue un desastre. Es un chico muy majo, pero...

—Pero nada, ¿no? ¿No hubo conexión?

Haley se encogió de hombros y Jen asintió.

—Bueno, pues olvidemos eso. Cuéntame qué tal con Rick.

—Al principio, muy bien. Divertido y romántico. Incluso me ayudó a limpiar porque a Sherlock le había dado un ataque de celos y me destrozó la habitación. Pero luego...

—¿Sí?

Suspirando, Haley le relató el resto de la noche, terminando con la nota y el arrogante desdén de Rick.

—Pero... ¿no te explicó de quién era?

—Según él, esa mujer no significa nada para él. Se supone que debo aceptarla como una mujer más en su corte de admiradoras. Pero no puedo. No puedo ser una más, yo no soy así.

—No, claro que no. ¿Por qué ibas a serlo? —suspiró Jen.

—¿Sabes lo peor? Que empezaba a creer que Rick era diferente. Que yo podría ser especial para él. Y me equivoqué, para variar.

—No lo entiendo. Pensé que le gustabas. Los tíos son lo peor.

—Ya te digo.

—Haley —sonrió Jen, dándole un abrazo—. Te juro que a veces los hombres tienen la sensibilidad de un animal en celo. Va detrás de ti como si fueras la única mujer en el mundo y luego tiene otra que le deja notitas en la puerta.

—Otras. En realidad, debería poner una puerta giratoria en su apartamento.

—Los hombres son un asco —suspiró su amiga.

—Completamente.

—Todos menos Frank.

—Sí, todos menos Frank —asintió Haley—. ¿Podríamos compartirlo?

—Ni lo sueñes.

—Jo, ni siquiera puedo contar con mi mejor amiga —intentó bromear Haley, para animarse.

¿Por que Rick no era diferente?


—Peter.

Haley miró el atractivo rostro de su ex novio. Estaba en el rellano de su apartamento, con sus pantalones bien planchados y su camisa de sport, sonriendo como si no hubiera pasado nada. Tras ella, Sherlock ladraba sin parar, protestando por la llegada del intruso.

—Hola, Haley —Peter se apoyó en el quicio de la puerta—. Te dije que vendría a buscar mi raqueta de tenis, así que...

De repente, la idea de la venganza ya no le parecía satisfactoria. Sólo quería perderlo de vista.

—Deberías haber llamado antes —suspiró ella—. Me temo que ha sido un viaje en balde.

Él frunció el ceño, confuso.

—Pero estoy seguro de que me la dejé aquí.

Rick salió de su apartamento en ese instante y, al ver a Peter, se acercó sonriendo de oreja a oreja.

—¡Haley! ¿Cómo estás, cariño?

Ella lo miró perpleja. Otro que actuaba como si no hubiera pasado nada. Increíble. ¿Qué le pasaba a los hombres? Aquello empezaba a ser surrealista.

—Hola, creo que no nos conocemos —siguió Rick—. Soy Rick Samuels, un buen amigo de Haley.

Peter estrechó su mano, incómodo.

—Peter, el novio de Haley. Encantado.

—Ex novio —le corrigió ella.

—No me diste una oportunidad de explicarte. Lo de la oficina fue sólo... una cosa que pasó. No era lo que parecía.

—¿Ah, no? —Haley miró a Peter como si fuera un extraterrestre. Peor, un gusano—. ¿Un hombre y una mujer desnudos encima de un escritorio puede ser malinterpretado? Qué boba soy. Bueno, ¿y dónde está Trixie o Bambi o Bippy o como se llame?

—Tawny. Se llama Tawny —suspiró Peter, cortado—. Pero no fue nada, te lo juro. Ahora que he tenido tiempo para pensar... —entonces miró a Rick, que escuchaba el intercambio, tan tranquilo—. ¿Nos perdonas un momento? Ésta es una conversación privada.

—No pasa nada —sonrió Haley—. Rick sabe toda la historia. Además, da igual. Hemos terminado.

—Por favor... ¿No podemos hablar tranquilamente?

—No, Peter. No me apetece. Adiós.

—¿Y mi raqueta?

Haley empezó a verlo todo rojo.

—¿Quieres tu raqueta? Espera un momento —cerrando la puerta en sus narices, Haley abrió el armario del pasillo y sacó el odiado objeto. Luego abrió la puerta de nuevo y prácticamente se la clavó en el esternón—. Toma, tu raqueta.

—Mi raqueta de la suerte... ¿cómo has podido?

—Pues mira, fue una cosa que pasó. Tú entiendes eso mejor que yo. A lo mejor Boopsie puede ir contigo a comprar una nueva.

—Tawny. Pero...

—Y ahora, si no te importa, Peter, Rick y yo tenemos que hablar... —dijo, enganchando a Rick del brazo y empujándolo al interior antes de darle a su ex novio con la puerta en las narices. De nuevo.

—¿Qué tal? ¿La venganza ha sido tan dulce como creías? —preguntó Rick.

—Habría sido más dulce si no me hubiera recordado mi propia estupidez. ¿Qué mujer inteligente saldría con semejante imbécil?

—Supongo que la misma que podría salir conmigo. Entonces, ¿por qué yo estoy dentro y él está fuera?

—Porque es conveniente. Y tu ofensa fue menor.

—Ah. Empiezo a entenderlo. Sí, mucho menor. Sigo sin saber quién es Franny, por cierto.

—Una admiradora secreta, supongo —dijo Haley, irónica.

—Algo así. En el mundo hay gente muy desesperada.

—¿Como yo?

—No, tú no estas desesperada. Tú quieres

un futuro con un hombre decente. Eso es comprensible. Pero no te veo acosando a un extraño y dejando notas en su puerta.

—Claro que no —murmuró ella, pensativa—. Entonces, ¿no conoces a esa tal Franny de nada?

—De nada. Te lo juro por mi mejor bicicleta. No sé quién es y, si alguna vez me la encuentro, seguramente saldría acorriendo. Ese tipo de mujer me da miedo.

Haley soltó una risita. Eso no explicaba por qué siempre había mujeres llamando a su puerta, pero... al menos no era otro Peter.

—¿Amigos otra vez?

—Claro, amigos.

Rick se dejó caer en el sofá y golpeó un cojín con la mano.

—Ven.

—Me siento como una idota —suspiró ella—. Peter es un gilipollas. ¿Cómo no lo había visto antes?

—No eres idiota, eres optimista. Y quizá un poco romántica, a pesar de que, a veces, eres más bien bocazas.

Haley apoyó la cabeza en el respaldo del sofá.

—Más bien una mujer que se había dejado el cerebro en casa para hacer lo que le dictaba su tonto corazón.

—Yo no creo que tu corazón sea tonto.

—¿Qué quieres decir?

—No creo que hubieras puesto el corazón en ese tío. Estás cabreada, pero nada más. Yo diría que es una cuestión de orgullo herido.

—Jen me dijo lo mismo. Y seguramente tenía razón. ¿Eso es bueno o malo?

Rick apartó un mechón de pelo de su frente.

—Bueno. Muy bueno.

Estaban muy cerca. Haley no podía apartar la mirada. Y tampoco podía moverse. Fascinada, observaba sus labios, tan firmes, tan masculinos y tan sensuales, acercándose. Pero apenas la rozó, fue un simple besito.

Entonces levantó una mano para tocar su cara y Rick cerró los ojos para recibir la caricia. Sin pensar, Haley le echó los brazos al cuello y él la besó ansiosamente, explorándola con los labios y la lengua.

Su cuerpo era tan duro como una piedra. Como si pudiera echarse encima de él sin hacerle perder el equilibrio. Podría subirse a sus brazos, como un gatito, y quedarse allí, inmersa en su pasión, en su humor y en su ternura hasta perder el sentido.

Hasta perder el sentido...

Haley se apartó de golpe. Por un momento, Rick la sujetó, como si no quisiera apartarse. Luego, con desgana, tuvo que soltarla.

Todas sus hormonas le decían que siguiera, pero cuando él intentó retenerla, se levantó de un salto.

—Por favor... Esto no debería pasar. De verdad, no debería pasar.

Aunque lo deseaba. Cómo lo deseaba. Debería haberle conocido antes de jurar que los príncipes azules se habían acabado para ella.

—¿Por qué no apareciste en mi vida hace un año? —murmuró, paseando por el salón—. Has elegido mal momento.

—¿Por qué hace un año? —preguntó Rick, con una voz tan ronca que se le puso la piel de gallina—. ¿Porque fue entonces cuando decidiste que ibas a dedicarte a los freakies?

—Entonces fue cuando conocí a Peter.

Rick se levantó del sofá.

—Si me hubieras conocido antes, no habrías salido con él.

—No, claro. Por eso. Tú podrías haber sido mi última aventura antes de ponerme seria.

—¿Habría sido tu última aventura?

Haley acarició sus labios con la mirada, los hombros, el torso y...

—Pues sí. Pero ya es demasiado tarde. Estoy harta de jueguecitos —dijo, levantando la barbilla—. Así que tenemos que olvidar lo que ha pasado.

Rick negó con la cabeza.

—No creo que podamos hacerlo. Te deseo tanto... y creo que tú me deseas también.

—Claro que sí. Por eso no puedo confiar en mí misma. Tenemos que mantener las distancias.

—Estás loca.

—Ya lo sé —suspiró ella—. Y ahora mismo, quiero estar sola. Así que adiós.

—No pienso irme a ninguna parte hasta que lo hayamos aclarado todo.

—Esto no va a funcionar. Pensé que, al menos, podríamos seguir siendo amigos, pero si no puedes olvidar lo que ha pasado, quizá lo mejor es que no volvamos a vernos —dijo Haley, sin mirarlo.

—Por favor, Haley, no saques esto de quicio. Sólo ha sido un beso, ¿no?

—Sí, claro. Un beso.

—Muy bien. Quieres que seamos amigos. Nada más.

—Nada más —murmuró ella, intentando leer sus pensamientos—. Eso significa que salimos con otras personas.

—O sea, que vas a seguir adelante con tu plan.

Haley asintió con la cabeza. Qué difícil estaba resultando aquello.

—Y eso significa que no debes verme como un reto o alguien a quien debes conquistar. Somos amigos. Punto.

—Yo no intentaría conquistarte sólo como un reto, Haley. Los hombres salieron de la cueva hace siglos.

—Sí, bueno, tienes razón —se encogió ella de hombros—. Ya te he dicho que no sé juzgar a los hombres.

Rick la miró entonces, pensativo.

—¿Y por qué no dejas que te ayude a encontrar novio?

Pobre Rick. Aparentemente, sufría una disfunción cerebral.

—¿Qué?

—Si no confías en ti misma, ¿por qué no dejas que te ayude a decidir con qué tíos debes salir? —insistió él.

¿Él iba a ayudarla a encontrar novio? Increíble. Asombrada y dolida, Haley se puso en jarras.

—Eres tú el que está loco.

Un segundo antes la estaba besando y ahora se ofrecía a buscarle novio. Eso, más que nada, dejaba claro lo superficiales que eran sus sentimientos por ella.

—No, lo digo en serio. Mira, si somos amigos yo sólo querré lo mejor para ti, ¿no?

Haley lo miró, atónita.

—Eso es —respondió Rick por ella—. Así que, decidido. Yo te buscaré un freaky.

# Capítulo seis

DE vuelta en su apartamento, Rick se quitó la camisa de un tirón, la frustración comiéndole vivo. Le había costado un mundo apartarse, aunque fuera temporalmente. Y no era porque Haley se negara a acostarse con él. No era un adolescente y podía controlar sus hormonas.

No, lo que le molestaba era que se negase a confiar en él. Podía entender que esa nota en su puerta la hubiera molestado. Era una prueba incriminatoria. Pero ahora, después de explicarle que la nota era de una desconocida, ella seguía obstinándose en decir que no. ¿No veía el potencial que había entre ellos?

No, Haley no podía ver más allá de su cara y lo que consideraba una profesión poco ambiciosa, su tienda de bicicletas. Lo imaginaba un chico guapo sin sentido del honor, un sinvergüenza como Peter. Y tenía la impresión de que no se creía la mitad de lo que le contaba. Eso lo ponía enfermo.

Sí, seguramente podría conquistarla si le contaba la verdad. Se sentía atraída por él, eso estaba claro. Descubrir que tenía muchas cosas en común con los freakies que tanto le interesaban, probablemente haría que olvidase sus reservas.

Rick suspiró. Sólo le había contado lo de la tienda de bicicletas, que para él era una afición. El dinero llegaba de Computer Nation. Ser el propietario de la cadena de tiendas de informática lo había convertido en un soltero de oro. Pero no había querido contarle eso, primero porque era una chica y podría haber oído los cotilleos sobre él y segundo porque era una cabezota.

Quizá era una estupidez, pero no podía decirle la verdad porque si lo hacía estaría siguiendo su juego. De modo que la había dejado creer que su ambición no daba más que para una tienda de bicicletas.

Haley lo veía como un chico sin futuro, un mujeriego sin un céntimo que sólo se divertía teniendo una incesante cola de mujeres en la puerta de casa. Si ella supiera...

Aun así, si se lo contaba todo y se ganaba así su confianza, Haley sólo saldría con él por su experiencia con los ordenadores y, quizá, por su cuenta corriente.

A lo mejor no quería dinero, pensó entonces.

Lo que Rick quería era que saliera con él a pesar de creer que no tenía futuro. Aunque resultaría difícil porque, en aquel momento, parecía ser lo único que le importaba. Y él estaba harto de que las mujeres lo juzgasen por su aspecto físico y su dinero.

Haley no era una maliciosa buscavidas, pero estaba pidiendo a gritos que le dieran una lección por convertir a las personas en estereotipos. Y él sabía cómo hacerlo. Lo primero era lo primero, pensó. Tenía que esperar un poco. Necesitaría la ayuda de su primo para que Haley abriera los ojos y Greg no llegaría a St. Louis hasta unas semanas después.

—¿Estás seguro? —preguntó Haley, mirando alrededor.

La tienda estaba llena de maquetas, repuestos para trenes eléctricos, maderas de todas clases para construcciones, herramientas, colas de todas las marcas y suficientes productos abrasivos como para marear a la población entera de St. Louis.

Marear. ¿Quería ella un hombre mareado?, se preguntó, mirando a Rick.

—¿Una tienda del coleccionista? ¿De verdad?

—Confía en mí. Soy tu buscador de freakies.

—¿Quieres bajar la voz?

Rick sonrió.

—Era una advertencia para los mirones.

Haley levantó los ojos al cielo. Mirando alrededor, descartó inmediatamente a dos chicos que parecían demasiado interesados por la sección de pegamentos. Por precaución, también pasó de uno que miraba en la sección de pinturas. Pero entonces vio un chico delgado, de su edad más o menos, que miraba una colección de... ¿sellos? Un coleccionista de sellos.

Haley sonrió. Eso era un clásico. Un coleccionista de sellos sería una persona... normal, una persona en la que podría confiar.

De modo que se acercó, haciéndose la despistada.

Rick dejó de sonreír. No tenía que ser así. Supuestamente, Haley debería haber entrado en la tienda y, después de ver un montón de jubilados y adolescentes, quizá incluso alguno que se pareciese a Tim, darse la vuelta. Una lección. Una demostración.

No una oportunidad. ¿Esa mujer no iba a rendirse nunca?


«Me rindo», pensó Haley. Su plan no estaba funcionando. Coleccionistas de sellos. Era tradicional, era algo seguro.

—... y *ezte* de aquí *ez incluzo maz valiozo*

porque... —Jared, el coleccionista de sellos, hablaba y hablaba, con una sonrisa benigna y una mirada apreciativa.

Además de su serio problema de pronunciación, *vivía con zu madre, que dizfrutaba como él coleccionando zelloz.*

Haley pensó que aquel hombre había chupado demasiados *zelloz*. ¿Una mujer podría acostumbrarse a eso? Sí, claro, si de verdad estaba enamorada, se dijo. O si sentía algo que no fuera la cordialidad natural por un ser totalmente inofensivo.

Abrió la boca para despedirse y...

—Venga, cariño. ¿Nos vamos? —Rick la tomó por la cintura, mirando el reloj—. El de la clínica de fertilidad se enfadará si llegamos tarde.

—¿Qué?

—Oh, vaya —Rick hizo un gesto al ver a Jared, que se había puesto como un tomate—. Haley insistió en que fuéramos a la mejor, pero siempre hay que hacer cola. Y no te ofendas, cariño, pero sólo puedes ovular durante unos días.

—Ferti... ovul... —Haley tenía la impresión de haberse tragado la lengua.

Rick se encogió de hombros, fatalista.

—Una semana máximo y el óvulo es historia. Venga, tenemos que ir a empollar —sonrió, llevándosela hacia la puerta.

—Encantado de conocerte —se despidió Jared—. Y... ¿buena *zuerte*?

Cuando salieron de la tienda, Rick estaba muerto de risa. Y Haley muerta de vergüenza.

—Estás para que te encierren.

—Lo sé. Completamente loco. Pero he ido a rescatarte.

Ella se apartó, furiosa.

—¿A rescatarme? ¡Ja! Como que yo necesito que me rescates. Estás despedido. No vas a buscarme novio.

—Haley, no te enfades.

—¡Haley nada! ¿Clínica de fertilidad? ¿Estás loco o qué? Al pobre Jared casi le da una lipotimia.

—Y tu cara... tenías que haberte visto —rió Rick, impenitente.

Ella tuvo que taparse la boca con la mano para disimular una sonrisa. Había sido para partirse, la verdad. A Jared prácticamente le salía humo por las orejas.

—Venga, Haley. Sé que no te gustaba ese tío. Estaba escrito en tu cara... Así, el pobre hombre creerá que se ha librado de una lunática y no estará soñando contigo durante una década, ¿no?

—¿Una década? Yo creo que me merezco una eternidad —replicó ella, apretando los labios.

—Si eso es lo que hace falta... yo soñaré contigo durante una eternidad —suspiró Rick, mirándola con cara de adoración.

—Estás como una cabra —suspiró ella—. ¿Una clínica de fertilidad? ¿A quién se le ocurre?

—Se me ocurrió en ese momento y tú necesitabas que te rescatasen, lo admitas o no.

—Sí, bueno, es posible —murmuró Haley.

«Qué deprimente».

—Eso está mejor —sonrió Rick, abriendo la puerta del coche.— ¿Preparada para el siguiente objetivo?

Ella hizo una mueca.

—¿Tienes que llamarlo así?


Dos horas después, Haley entraba en Toy Boxx con un Rick muerto de risa detrás. Jen levantó la mirada y observó la promesa de guerra en el rostro de su socia.

—Parece que las cosas no han ido como pensabais, ¿eh?

—Desde luego que no. ¿Algún problema esta mañana?

—No. Los clientes empezarán a venir por la tarde.

Ella asintió, sin mirar a Rick siquiera.

—Haley... —empezó a decir Rick.

—Si eres un poco inteligente mantendrás la boca cerrada mientras haces tu penitencia. ¡A la trastienda a cargar cajas!

Él levantó los ojos al cielo. Había prometido que la ayudaría con el nuevo pedido... después del fracaso número dos. ¿O cuatro? No estaba seguro. Las cosas empezaron a volverse borrosas cuando Fred, de la tienda de fotocopias, empezó a hablar poéticamente de las virtudes del papel de fotocopia y Rick se sintió moralmente obligado a recordarle las virtudes de la impresora casera. O quizá había aceptado hacer penitencia después del incidente en la biblioteca, cuando, intentando ayudar a un profesor de universidad a encontrar unas referencias en el ordenador, había pasado del sistema decimal a una sección sobre impotencia masculina.

Pero no era culpa suya que el tipo se lo hubiera tomado como algo personal. Bueno, a lo mejor lo había hecho con intención, pero...

—Espera un momento, por favor —dijo Rick, tomando a Haley del brazo—. Ha sido un progreso, ¿no? Estoy aquí para que encuentres un buen novio, no para decir que sí a los tíos equivocados. Y eso es lo que he hecho. Eliminar a los negativos, ¿no?

Haley estaba muy cabreada.

—Se supone que debes ayudarme a encontrar un hombre decente, no cargártelos a todos —replicó, entrando en el almacén.

Jen no tuvo que decir una palabra. Haley le había presentado a Rick cuando fue a buscarla para su expedición a la tienda del coleccionista y se cayeron bien de inmediato. Ambos pensaban que su plan era una soberana estupidez y no tenían ningún reparo en decírselo.

De hecho, Haley perdía por goleada. Y el problema era que cada vez le costaba más no estar de acuerdo con Jen. Rick era guapo, divertido, tierno. Por favor, qué vergüenza que fuera tan perfecto cuando no podía ser para ella.

Incluso había hecho maravillas con Sherlock. Bajo su tutela, el cachorro estaba aprendiendo a responder a un montón de órdenes. Una pena que sólo respondiera a la voz de Rick Samuels. Él le explicó, disimulando una risita, que la voz más profunda de un hombre tenía más autoridad que la de una mujer. Pero con tiempo y un poco de práctica, Sherlock aprendería a obedecerla también a ella.

Quizá con tiempo y un poco de práctica, Rick aprendería también a obedecerla, pensó Haley. Al menos, en lo que se refería a su vida amorosa. Nunca un hombre le había ofrecido tanta ayuda para poner después tantos obstáculos.

Rick, que la había seguido hasta el almacén, se detuvo delante de la enorme caja que ella estaba señalando.

—¡Madre mía! ¿Qué hay aquí, piedras?

Haley lo llevó a la trastienda y le dijo dónde debía dejarla. Y cuando abrió la caja, atónito, comprobó que eran bolsitas de plástico... cada una con una piedra dentro.

Rick miró a aquella diminuta bola de energía que estaba convirtiéndose en una obsesión para él.

—Mira, no puedo dejar que salgas con ninguno de esos tíos. Ninguno de ellos es hombre para ti. Te los comerías vivos. Y te morirías de aburrimiento porque no tenéis nada en común.

—Sí, bueno, quizá Fred no era hombre para mí, pero... ¿qué tenías en contra del profesor Thomas? ¿Y el pobre Jared? Seguramente habría aprendido a quererlo con el tiempo. Parecía una persona decente.

Rick levantó los ojos al cielo.

—Que llames a alguien «el pobre Jared» debería ser explicación suficiente. El profesor Thomas, evidentemente, tenía serios problemas personales y tu pobre Jared debería buscar una chica a la que le guste coleccionar sellos tanto como a él y a su madre.

Haley lo miró, acusadora.

—Ir a la tienda del coleccionista fue idea tuya, no mía. Eres tú el que no quiere que encuentre un freaky decente. Así que dime, ¿por qué hemos ido a todos esos sitios?

«Porque no quiero que encuentres a un chico normal que ocupe mi lugar». Rick intentó ahogar la vocecita y, deliberadamente, la reemplazó por otra: «Porque te necesito soltera para cuando llegue Greg».

—Las tiendas de coleccionistas y las bibliotecas son buenos sitios para encontrar hombres con objetivos e intereses que no sean el fútbol, la televisión o las discotecas. ¿No es eso lo que estás buscando?

—Sí, claro que sí —contestó ella.

Rick sonrió, encantado consigo mismo.

Pero Haley no estaba tan encantada.

—Se me acaba de ocurrir una idea.

—Ay, qué miedo. A ver, dime.

—Como no te gusta ninguno de los freakies que yo elijo, ¿por qué no me buscas uno?

Él abrió mucho los ojos.

—Un momento. Mi trabajo es controlar a los tíos que tú eliges, no encontrarlos.

—No creo que sea un problema para ti. ¿No tienes algún amigo que puedas presentarme? Un amigo serio, simpático y formal, claro.

—No, no tengo ninguno. Todos son frívolos, mujeriegos y machistas.

—No me sorprende. Ya sabes lo que dicen: dime con quién andas…

Maldición.

—Era una broma. Veré qué puedo hacer.

—Jen, ¿seguro que esto funciona? —preguntó Haley, con el teléfono pegado a la oreja.

—Sí, ya sé que suena fatal, pero encontré la receta en una revista. Y a mí me va bien, te lo juro. Deja el teléfono e inténtalo.

—¿Seguro que esto no es una venganza? Ya me he disculpado por dejarte sola con el niño del infierno esta tarde. La próxima vez, tú puedes irte mientras yo me quedo con un cliente difícil. ¿De acuerdo?

Haley arrugó la nariz. No le gustaban nada los clientes difíciles. El niño se llamaba Johnny, pero lo llamaban «el niño del infierno» porque sus padres le daban todos los caprichos y no tenía ni la más mínima educación.

—De eso nada, guapa. Ese niño es un tirano. Me debes una y gorda. El sábado cierras tú. Así estaremos en paz.

—¿Qué tal si no te estrangulo por animar a Rick para que destroce mi vida?

—Muy bien, de acuerdo —rió su amiga, antes de colgar.

115

Haley colgó también, mirando el potingue verde que debía ponerse en la cara.

—A ver, lo primero es lo primero —murmuró, poniéndose una cinta en el pelo. Luego se la quitó—. ¿Por qué no lo hago todo a la vez y acabo antes? Un plan estupendo, chica.

Haley tomó un poco de la cosa verde y se la extendió por la cara, poniendo atención a la nariz y a la frente, como Jen le había indicado. Esperaba que mereciese la pena. O los hombres escribían sonetos sobre su radiante complexión y su brillante cabello o Jen tendría que pagar.

Con una buena capa de potingue verde en la cara, se volvió hacia el bol con potingue blanco. Era mayonesa, así que no podía ser tan malo. Muy bien. Inclinó la cabeza sobre el fregadero, la cocina le había parecido más apropiada dados los ingredientes, y se puso el mejunje en el pelo.

Entonces oyó un gemido lastimero.

—¿Ahora? No, Sherlock, espera. ¿Salir ahora? ¿Hacer caquitas ahora precisamente?

Tenía que distraerlo para que no se hiciera caca allí mismo, pensó, mientras iba a buscar la correa. Qué momento.

Haley corrió por el rellano, intentando no mirar el rastro húmedo que iban dejando.

—Venga, Sherlock. Sé un buen chico. Ya

casi hemos llegado.

El cachorro salió corriendo hacia el jardincillo que había frente al portal y Haley fue tras él, sintiendo que un chorro de mayonesa le caía por el cuello.

No había nadie a la vista, de modo que todo iba más o menos bien, pero tuvo que lanzarse sobre Sherlock cuando el animal intentó escurrirse por entre los arbustos. Consiguió agarrarlo por una pata, pero acabó en el suelo. Entonces oyó voces. Pensando en la cosa verde que tenía en la cara, Haley se escondió entre los arbustos, con Sherlock en brazos.

—Rick, cariño. Tienes un gran sentido del humor. Me encanta salir contigo —oyó una voz femenina.

Haley levantó los ojos al cielo, estirando el cuello para oír la respuesta de Rick.

—Encantado de volver a verte, Selina, pero... mmmmmmmm.

Frunciendo el ceño, Haley asomó la cabeza entre los arbustos y vio a una rubia metiéndole la lengua hasta el cerebro. Una punzada de celos la sorprendió entonces. Y tuvo que contener el deseo de tirar de la lengua de la rubia hasta que le dieran palmas las orejas.

Apretando los dientes, Haley se recordó a sí misma que Rick sólo estaba haciendo lo que ella había sugerido: salir con otras mujeres.

La rubia envolvió a Rick con una pierna, como si fuera una boa.

—Por favor —murmuró Haley.

Sherlock ladró en ese momento, como para darle la razón. Haley le tapó la boca, pero era demasiado tarde.

Rick se apartó de la ansiosa mujer.

—Espera, Selina. Creo que es el perro de mi vecina.

Sherlock emitió un gemido y Rick decidió investigar. Haley, preparándose para lo inevitable, agarró bien al cachorro y se incorporó.

La rubia lanzó un grito, Rick abrió mucho los ojos y luego soltó una carcajada. Se reía tanto que a Haley le entraron ganas de liarse a bofetadas.

—¿Has terminado? —le preguntó—. Mi perro y yo querríamos volver a casa.

Con la nariz bien levantada, pasó al lado de la tal Selina, mucho más alta que ella, y entró en el portal con la mayor dignidad posible. Una vez dentro de su apartamento, se apoyó en la puerta y fue deslizándose hasta el suelo.

—Esto es culpa tuya, Sherlock —lo acusó. Pero el cachorro se apoyó en sus muslos y empezó a chupar la mascarilla de aguacate.

Puaj. Necesitaba una ducha.

Media hora después, libre de mascarillas alimenticias y vestida con ropa ancha y cómoda, Haley se tumbaba en el sofá para ver la televisión. Pero justo cuando acababa de encontrar una serie divertida, sonó el timbre. Suspirando, apagó la televisión y se levantó.

Cuando vio la cara sonriente de Rick, intentó darle con la puerta en las narices, pero él la bloqueó con el pie.

—No te enfades. Por favor, Haley, admite que ha sido para desternillarse. ¿No te miraste al espejo antes de salir de casa?

Ella masculló algo ininteligible y le dio la espalda.

Considerándolo una invitación, Rick cerró la puerta y se sentó en el sofá. Como ella no decía nada, sólo lo fulminaba con la mirada, le tiró un cojín. Y a Haley le dio la risa. En realidad, debía tener una pinta horrenda con la cara verde y el pelo cubierto de mayonesa.

—Debes saber que era todo en nombre de la cosmética —dijo, entre risas.

—Sí, ya me di cuenta.

—Eres una rata. Yo hecha polvo, escondida entre los arbustos, y tú morreándote con esa rubia. Ahora pensará que tus vecinos son una panda de zumbados.

Rick inclinó la cabeza, estudiándola con interés.

—¿Te importa lo que ella piense?

Haley se encogió de hombros.

—¿Es tu novia?

—¿Y si lo fuera?

—Entonces preguntaría si sabe que ahora mismo estás solo en casa de una mujer. ¿Crees que le haría gracia?

Él sonrió inocentemente.

—¿Por qué iba a importarle? Tú eres mi vecina y ésta es una visita de cortesía, ¿no?

—Sí, claro. La próxima vez, deberías presentarnos.

Rick tiró de su mano para sentarla a su lado.

—Lo haría, pero no es mi novia. Es una chica con la que salí un par de veces hace tiempo. Me la he encontrado en la calle y... no podía librarme de ella.

Haley levantó los ojos al cielo.

—Y luchabas desesperadamente para alejarte, claro. Qué vida más triste llevas, con todas esas mujeres tirándose encima de ti, pobrecito. Menos mal que no acepté salir contigo...

—¿Cómo iba a librarme de ella si no me dejaba? Una mujer puede ponerse a gritar para librarse de un hombre, pero si un tío hace lo mismo, ella se siente insultada. Hasta pueden organizar una escena o cuestionar tu masculinidad... a voz en grito. Haga lo que haga, el tío queda en ridículo.

Haley se dio cuenta de que estaba siendo completamente sincero.

—¿Y cómo te has librado de ella?

—Gracias a ti. Le dije que estabas chiflada, que ibas al psicólogo por un desorden de personalidad que hace que salgas a la calle vestida de forma inapropiada. Y como eres hija de una amiga mía, le he prometido que cuidaría de ti.

Haley abrió mucho los ojos, incrédula.

—No habrás sido capaz.

—Estaba desesperado —se encogió Rick de hombros—. Y me ha creído, además.

—Seguramente te habría creído si le hubieras dicho que la luna está hecha de queso.

—No, pero habría creído que te pones queso en el pelo cuando te sientes insegura.

Haley le tiró un cojín, a falta de una piedra, y Rick se lanzó sobre ella. Jugando, jugando, acabaron el uno encima del otro. La tenía aprisionada, sujetando sus manos con una de sus manazas, su duro torso y sus muslos aplastándola... agradablemente. Era una posición indigna, pensó Haley. El orgullo debería haber evitado cualquier interés sexual por su parte.

Pero el orgullo no tenía nada que hacer contra lo que sentía por aquel hombre. Se reía de ella, hacía que se riera de ella misma, hacía magia con su perro y estaba tan bueno que era para morirse. ¿Era justo que la tentara así?

Rick sonreía, esperando.

Haley consideró la idea de seguir luchando, pero la rechazó casi de inmediato. Aquel hombre pesaba cuarenta kilos más que ella y tenía unos músculos... Era duro, cálido, fuerte. Oh, cielos.

El anhelo debía verse reflejado en su cara porque la expresión de Rick cambió por completo. Sus ojos azules se oscurecieron, la sonrisa se volvió más sensual, el roce de sus manos más íntimo.

—¿Pasa algo, Haley? —preguntó con voz ronca.

Ella estaba mirando la curva de sus labios, esperando y, que el cielo la ayudase, deseando.

Pero él negó con la cabeza.

—Te toca a ti, cariño.

—¿Qué?

Rick asintió. Haley podía sentir el calor de su cuerpo atravesándola.

Mareada, medio perdida en el azul zafiro de sus ojos, asintió como una tonta... hasta que recuperó el sentido común y negó violentamente con la cabeza.

—¡Apártate ahora mismo!

Él obedeció de inmediato, haciendo un gesto de inocencia.

Haley se levantó y empezó a pasear por el salón.

—Lo has hecho a propósito.

—¿Qué he hecho?

—Esto ha sido una violación de nuestro trato. Somos amigos, o sea que nada de tonterías.

—Por favor, qué dura eres —suspiró Rick.

—A lo mejor soy un poco más exigente que tus novias.

—Estabas celosa de Selina, admítelo.

—Admito que no comparto tus gustos. Selina, la sirena, era un poquito descarada, ¿no?

Él sonrió, encantado consigo mismo.

—Estás tan celosa que te va a dar un ataque.

Haley levantó la barbilla y lo miró de arriba abajo.

—No, lo que pasa es que odio que un hombre inteligente deje que el sexo dirija su vida.

—¿Por qué las mujeres siempre subestiman la importancia del sexo?

—No lo subestimamos, pero no dejamos que dirija nuestra vida. Por favor, un poco de control.

—Muy bien, como tú lo tienes todo controlado, dime qué tipo de mujer debo buscar.

Haley se lo pensó un momento.

—Para empezar, estaría bien que tuvieras algo en común con ella. No puedes pasarte todo el día en la cama.

—¿No?

—¡No!

—Bueno, bueno… como lo estoy haciendo todo mal, ¿por qué no me ayudas a encontrar a la mujer perfecta?

—¿Qué?

—Sería un intercambio justo. Yo te ayudo a encontrar un freaky y tú me ayudas a encontrar a la mujer de mi vida. ¿Qué te parece?

Ella consideró la sugerencia. ¿De verdad quería ayudarlo a encontrar una mujer? No. ¿Pero tenía que hacerlo? Probablemente.

Haley suspiró. Tenía la impresión de que Rick era sincero, que quería salir con ella y que esas otras mujeres no significaban nada para él. Pero se había equivocado tantas veces en el pasado… No podía confiar en sí misma, especialmente con un hombre como Rick Samuels, que tenía la habilidad de dejarla sin aire cuando se acercaba demasiado.

No, una mujer inteligente saltaría ante la oportunidad de eliminar la tentación. Buscarle una novia lo pondría fuera de su alcance. Después de todo, ella nunca entraría en el territorio de otra mujer.

Respirando profundamente, Haley le ofreció su mano.

—Trato hecho. Yo te busco una mujer y tú me buscas un hombre.

Rick la estrechó, con una sonrisa retadora.

Haley sacó entonces un cuaderno del cajón de su escritorio y, pasando las primeras páginas, buscó una hoja en blanco.

—Dime qué estas buscando en una mujer —suspiró, sentándose en el sofá.

—¿Vas a hacer otra lista?

—Sí. A menos que tengas una idea mejor.

—No, creo que no.

—Pues entonces dispara. Empezaremos por los atributos físicos.

—Ah, eso se me da bien.

—Pero para menores, ¿eh?

—Vaya, cuando la cosa empezaba a ponerse interesante... A ver, me gustan las mujeres altas, pero las bajitas también están bien, así que la altura es negociable. El pelo largo me gusta. Tampoco es necesario, pero está bien.

Haley escribía a toda velocidad.

—Sigue.

—Me gustan las mujeres bien dotadas. Ya sabes, buenas...

—Sí, sí, entiendo. Las proporciones de Selina, ¿no?

—Eso.

—¿Y por qué no sales con ella si es tan perfecta?

Rick apartó la mirada.

—No es perfecta, cariño. Para nada.

—Pero tiene las proporciones adecuadas, ¿no? Entonces, ¿qué le pasa?

—Estaba bromeando sobre las proporciones, para tomarte el pelo —dijo él entonces, con expresión seria—. Digamos que Selina no está realmente interesada en mí.

—Pero si prácticamente te estaba comiendo a bocados... ¿cuánto interés necesitas tú?

Rick se levantó del sofá y se acercó a la ventana.

—Digamos que no la veo deslizándose por un tobogán conmigo.

Confusa, Haley levantó la mirada.

—Personalidad —escribió—. Muy bien. Ahora, hablemos de eso.

—Pues... quiero que sea genuina y divertida.

—Esas son buenas cualidades. ¿Qué más?

—Estaría bien que no le importase si lleva el pelo perfecto o si se ha puesto maquillaje.

Haley asintió.

—Muy bien. ¿Aficiones, intereses?

Rick se encogió de hombros.

—A mí me gusta montar en bicicleta, la informática, los parques de atracciones, las comedias. Estaría bien que también le gustara eso a ella.

Haley anotó los detalles, un poco nerviosa. Si no hubiera visto a las mujeres que lo perseguían, si no supiera lo guapo y sexy que era, casi podría creer que era un hombre sensible, cariñoso…

El cuaderno desapareció de sus manos y cuando levantó la cabeza, Rick estaba a su lado.

—Vamos a ver qué has escrito… sí, sí, esto es lo que quiero. Te toca a ti. Empecemos por los atributos físicos.

Haley se cruzó de brazos.

—Creo que me lo voy a pensar.

—Eso no es justo. Hemos hecho un trato. A ver, ¿qué buscas en un hombre?

—Las mujeres no somos tan exigentes con el físico —contestó ella, muy digna.

Rick asintió, mientras escribía algo. Haley le quitó el cuaderno y leyó: *Estirada.*

—¿Crees que soy estirada? Yo no soy estirada. Además, no estamos hablando de mí.

Él le quitó el cuaderno y anotó algo.

—¿Y por qué soy difícil? ¿Porque me niego a que me llames estirada?

—Si no quieres que saque conclusiones equivocadas, empieza a contestar.

Ella se echó hacia atrás, suspirando.

—Lo importante es... quiero un hombre sincero, bueno y trabajador. Un hombre que me quiera y que me sea fiel. Un hombre que sepa sonreír, aunque no tenga la sonrisa más bonita de mundo.

Luego se miró las manos, imaginando al hombre con el que pasaría el resto de su vida.

—Quiero que se le ilumine la cara cuando me vea, que me mire a mí cuando hablamos y no su reloj o a una mujer guapa que pase por la calle. Que tenga sentido del humor... Eso es todo. Lo demás es negociable.

Rick la miró, sin escribir.

—¿No vas a anotar eso?

Él negó con la cabeza.

—Haley, por favor, sal conmigo. Yo soy sincero, trabajador, bueno y todo lo demás. No miraré mi reloj cuanto estoy hablando contigo y sé hacerte reír.

Haley tuvo que sonreír al recordar el episodio de la basura y, sobre todo, su capacidad para reírse de sí mismo. Nunca había conocido a nadie como Rick Samuels. Quizá tenía razón, quizá merecía una oportunidad.

Quizá, sólo quizá.

# Capítulo siete

ENTONCES sonó el timbre.

Frustrada por la interrupción, Haley apartó la mirada de la dulce sinceridad que veía en los ojos de Rick y se levantó para abrir la puerta.

—¡Mamá! ¿Qué haces aquí?

Después de darle un abrazo, Clara Watson se apartó para mirarla, una experiencia siempre incómoda para Haley. Mirar a su madre era como mirarse a sí misma en veinte o treinta años. La misma altura, las mismas facciones, el mismo color de pelo... o solían tener el mismo color. Con los años, el de su madre se había vuelto de color cobre y lo llevaba corto, muy a la moda. También vestía mejor que Haley: trajes caros, ropa profesional, siempre preparada para estar frente a las cámaras.

—Cariño, sé que debería haber llamado antes, pero quería darte una sorpresa. Como un regalo de cumpleaños para mí misma.

—Tu cumpleaños es el mes que viene, mamá. Y siempre apareces sin avisar.

Ella ignoró esa observación.

—Mi deseo de cumpleaños era venir a visitarte sin avisar. Si hubiera venido el día de mi cumpleaños no habría sido una sorpresa, ¿no? —dijo, muy razonablemente.

Haley sacudió la cabeza, sonriendo. Cuando se apartó para dejarla entrar, su madre se fijó en Rick. Como para no fijarse.

—Ah, vaya, espero no interrumpir nada —dijo, mirando a su hija con los ojos brillantes, sin duda esperando haber interrumpido algo sustancial.

—Mamá, te presento a mi vecino, Rick Samuels. Rick, mi madre, Clara Watson. Puede que la hayas visto últimamente en televisión. Es...

—La presentadora de un programa de televisión matutino. *Día tras día*, ¿no? Sí, la conozco —la interrumpió él, con gesto serio—. Watson. Watson, claro, ¿cómo no se me había ocurrido?

Clara sonrió, encantada.

—¿Ves mi programa? Qué bien.

—Lo he visto alguna vez, como todo el mundo.

Sorprendida por el tono sarcástico, Haley levantó una ceja. Parecía enfadado.

—Yo sabía que sería un éxito —siguió su madre, sin percatarse—. Todo está yendo fenomenal. Mi carrera va viento en popa, mi hija ha vuelto a salir con hombres... —añadió, con una sonrisa de oreja a oreja.

—¡Mamá!

—Haley, sé práctica. Rick, estoy encantada de conocerte.

—Señora Watson...

—Por favor, llámame Clara. ¿Rick es el diminutivo de Richard?

Él tardó un segundo en contestar.

—En realidad, me llamo Maverick, pero...

—¿Maverick? Qué bonito nombre. Haley, tu vecino se llama Maverick Samuels. ¿No te gusta?

Ella miró a su vecino, sorprendida.

—Mucho. Pero mamá...

—Maverick Samuels, Maverick Samuels —repitió Clara entonces, pensativa. Entonces, de repente, fue como si hubiera visto la luz—. ¡Haley, qué orgullosa estoy de ti! Sabía que no me defraudarías, pero no imaginé que fueras a ser tan ambiciosa cuando empezases a salir con hombres otra vez.

—Bueno, tampoco es que viva en un convento...

—Casi, hija, casi.

—Antes salía con Peter, ¿no te acuerdas?

—¿Y dónde está?

—Aquí no, desde luego.

—Así que tenemos a Rick, Maverick Samuels —suspiró Clara, como si el nombre le resultara delicioso—. El afortunado número cuatro, ¿eh?

—Eso parece. Gracias por destrozar mi vida.

Haley miró de uno a otro.

—¿Qué me he perdido?

—Él era parte del programa que hice especialmente para ti.

—¿Cómo?

Rick dejó escapar un suspiro.

—Debería haberlo imaginado.

—¿Imaginar qué? —exclamó Haley, exasperada.

—Da igual. Me voy —contestó él.

Cerró de un portazo y Haley se volvió hacia su madre con cara de pocos amigos. Pero Clara se encogió de hombros.

—En el amor y en la guerra, todo vale.

—¿Se puede saber qué pasa?

—Ya sabes que yo siempre estoy insistiendo en que te cases y tengas niños... bueno, pues decidí ayudarte. Sutilmente. Sabía que verías mi programa, o al menos pensé que lo verías —suspiró su madre, mirándola con expresión de reproche.

—Me he perdido un par de ellos. Lo siento, mamá. Tengo que trabajar.

—Pero te perdiste el más importante. Mi invitada era una famosa periodista de cotilleos y me dio una lista de los diez solteros más deseables de St. Louis. ¿Te acuerdas de Adam Harding?

—El «amigo» que llevaste a la tienda.

—Ese mismo. Estaba en la lista, era el número nueve, creo —suspiró Clara—. Pero tu Rick era el número cuatro.

Haley abrió mucho los ojos.

—¿Rick está considerado uno de los solteros más deseables de St. Louis? Ah, claro. Ahora entiendo de dónde salen todas esas mujeres...

—Pero no me acuerdo de por qué —murmuró su madre, llevándose un dedo a los labios—. Es rico o tiene buenas conexiones... o es guapísimo. Ah, por eso debe ser. ¿No crees?

—Sí, claro, tengo ojos en la cara —suspiró Haley, dejándose caer en el sofá—. Pero yo no soy una mujer desesperada, puedo encontrar novio sola, mamá. No necesito que mi madre haga una lista de los solteros más apetecibles. Además, tus gustos y los míos no coinciden en absoluto.

—Por lo que veo, sí coinciden —dijo Clara entonces, con una sonrisa más sensual de lo que una hija debía soportar.

—No digas esas cosas.

—Por favor, ya eres muy mayor para ser tan ingenua. Tu generación no inventó el sexo, no sé si lo sabes.

—Ojalá lo hubiéramos hecho —murmuró Haley.

—Te he oído, jovencita. Pero tienes que contarme qué tal con Rick.

Ella suspiró.

—No hay nada que contar, mamá. Es mi vecino y, a veces, mi amigo. Aunque seguramente me odia ahora que sabe que fue mi madre quien lo crucificó en televisión. Por mi culpa, además.

—Yo no lo he crucificado. Se le mencionó favorablemente. Me sorprende que su vida social no haya mejorado desde que salió su nombre en televisión.

—Ha mejorado, te lo aseguro. Deberías ver a las mujeres que lo persiguen: altas, pechugonas y guapísimas. Si ellas no le gustan, te aseguro que yo no tengo nada que hacer.

—Tonterías. Tu padre también era así. Las chicas se volvían locas por él... menudo donjuán. Seguro que lo pasó bien, pero fue conocerme y volverse ciego para las demás. Me fue fiel hasta el final —suspiró Clara, con los ojos húmedos.

Haley sonrió. Su madre veía la vida a través de un cristal de color de rosa y nunca supo que su padre no era precisamente Robert Redford. Sólo recordaba el brillo de amor que había en sus ojos cada vez que la miraba. Y Haley quería un hombre así para ella.

—Además, un hombre con experiencia no es nada malo. Hace que las cosas sean más interesantes en el dormitorio...

Haley se tapó las orejas con las manos.

—¡Mamá! No quiero oír esas cosas. Cuéntame la historia de la cigüeña, me gusta la cigüeña. Ésa es una historia que le puedes contar a los niños sin traumatizarlos de por vida con imágenes de sus padres en la... ¡Aghh, por favor!

Cuando miró con el rabillo del ojo, vio que su madre seguía sonriendo de una forma que no le gustaba nada, así que subió a su dormitorio. Cualquier cosa para cambiar de conversación. Unos minutos después, volvió en vaqueros y camiseta y empezó a atarse los cordones de las zapatillas.

—Dime la verdad, Haley. ¿Estás saliendo con Rick?

Ella se levantó.

—¿Te apetece lo de siempre?

—Ah, sí, por favor. Los helados me encantan, ya lo sabes.

—Estupendo, a mí también. Hace siglos que no voy a la heladería de Ted Drewes.

Media hora después, estaban sentadas en el capó del coche, tomando un helado. Clara, extrañamente cómoda con su elegante traje, se llevaba cucharadas de helado de fresa a los labios.

Haley pidió uno de chocolate con menta y pistachos... y un año de calorías. Cinco minutos después, lo dejó a un lado, satisfecha.

—¿Haley? —la voz de Clara era más vacilante que nunca—. Hay algo que quiero contarte.

Ella frunció el ceño, sorprendida.

—¿Qué es, mamá?

—Yo... bueno... últimamente estoy... bueno, estoy saliendo con un hombre —dijo su madre entonces—. Me molestó la sugerencia de que saliera con alguien, pero cuanto más lo pensaba, más me daba cuenta de que tenías razón.

Haley se quedó atónita.

—Mamá...

—Te he cargado a ti con mi felicidad. Ninguna hija debería casarse para hacer feliz a su madre. Eso no está bien y yo no tengo derecho a obligarte.

Los ojos de Haley se abrían cada vez más.

—No me mires así. Yo también cometo errores. Y me disculpo por ellos.

Haley tragó saliva audiblemente.

—Estás saliendo con un hombre.

—Sí.

—Un hombre.

—Sí, claro. No soy lesbiana.

—Mamá, por favor...

—Qué ingenua eres, hija —suspiró Clara.

—Bueno, ¿lo conozco? —preguntó Haley

entonces, intentando usar un tono más coloquial.

—Sí, un poco. No mucho.

—¿Vas a presentármelo?

—No sé si debo —Clara empezó a darle vueltas a sus anillos. Primero el zafiro, luego el diamante.

—Me gustaría conocerlo.

—Quizá más adelante. Si las cosas salen bien —insistió su madre, sin dejar de darle vueltas a los anillos—. Ahora mismo, sólo estoy divirtiéndome... —entonces levantó la mirada, muy seria—. Quise a tu padre con todo mi corazón, Haley. No sé si algún día podré dejar de amarlo y no sé si hay sitio en mi vida para otro hombre.

Ella asintió, comprensiva.

—Tómate tu tiempo. Yo no quiero que estés sola.

Clara apretó la mano de su hija.

—Y yo intentaré no darte más la lata. Prometo no interferir en tu vida social, pero no puedo evitar preocuparme por ti. Me disgusta que estés sola.

Haley vio genuina preocupación en sus ojos.

—Estoy buscando.

—¿Qué?

—Digo que estoy buscando a alguien.

—Repite eso. Me ha parecido oír...

—He dicho que estoy intentando encontrar un hombre, mamá. ¿Te parece bien?

—¡Cariño! —Clara la envolvió en un abrazo—. Podría ser abuela para la primavera...

—¡Un momento! No estoy planeando quedarme embarazada ni ahora, ni el año que viene, ni dentro de dos años. Sólo conocer a alguien interesante. Hay que ir paso a paso.

—Pero no tardarás en encontrar un hombre. Eres una chica guapísima e inteligente. El que te diga que no, es un tonto.

—Ya, seguro. ¿Te acuerdas de Peter?

Clara hizo una mueca.

—¿Peter? ¿Qué tiene él que ver?

—Pues... estábamos saliendo en serio y...

—¿Es él?

—Pensé que podría serlo...

—¡Cariño! ¿Vas a casarte con él?

—No —contestó Haley.

—Ah. Bueno, da igual, siempre está Rick. Pero si ya tenías un hombre disponible, ¿por qué no...?

—Mamá, por favor. Eso es lo que estoy intentando contarte. No lo tenía. Lo pillé con otra mujer —suspiró Haley—. Así que ya ves, tu hija no es exactamente irresistible.

—Hay, hija. Lo siento.

—No pasa nada. Pero sería más fácil para

mí si no te entusiasmaras tanto. Aún me da un poco de miedo este proyecto.

—¿Proyecto? Qué forma más rara de llamarlo.

Haley levantó los ojos al cielo.

—No sabes la razón que tienes, mamá.

De modo que otra vez era un cacho de carne, pensó Rick, irónico, sentado en el sofá de su casa, intentando no pensar en lo que había estado a punto de pasar en otro sofá.

Y antes de eso, en lo que Selina había querido hacerle en su sofá. Era suficiente para que un hombre quisiera fumigar los muebles.

Selina había sido tan obvia como las demás. Unos meses antes, la tía había sido más bien fría en un par de encuentros. Pero ahora que la famosa mamá de Haley había aireado su nombre, la frialdad se había convertido en agresividad.

Rick se metió una patata frita en la boca y alargó la mano para buscar el mando de la televisión. El verdadero amigo del hombre.

La única diferencia entre Selina y Haley era la estatura. Bueno, seguramente también habría alguna diferencia en el cociente intelectual... y luego estaba el hecho de que Haley era la protagonista de todas sus fantasías.

En Selina no quería ni pensar.

Aun así, no podía creer que la madre de Haley hubiera hecho todo un programa para conseguir que su hija se casara con un hombre rico. Ahora entendía la testarudez de Haley Watson. Afortunadamente para él, madre e hija no habían unido fuerzas o estaría atrapado.

Se preguntó entonces si la actitud de Haley hacia él cambiaría al saber que era el «afortunado número cuatro», cuya suerte consistía en una cadena de tiendas de informática y una abultada cuenta corriente. Había conseguido todo eso siendo muy joven, a juzgar por la edad de sus «competidores».

De modo que la gran pregunta era, ahora que Haley sabía que era rico, ¿dejaría de buscar a su freaky? ¿Se le echaría encima, como las otras mujeres que empezaron a acosarlo cuando Clara Watson aireó esa estúpida lista?

Era lamentable aceptar que una parte de él deseaba que ocurriera exactamente eso. Pero la otra parte… la otra parte se pillaría un cabreo de mil demonios. Si lo buscaba porque se había enterado de su pasado de freaky, al menos demostraría no tener malicia. Lo otro era mercenario. No, a Haley le interesaría más el freaky que el tío rico, mientras Clara elegiría al rico por ella.

Rick hizo una mueca, disgustado. La realidad era que Clara y Haley Watson, fueran cuales fueran sus motivos e intenciones, eran sólo dos mujeres más, juzgando a los hombres por su aspecto y por el dinero que tenían en el banco. Y estaba harto. Las dos debían recibir una lección.

Entonces sonrió, decidido. Eso era exactamente lo que tenía en mente para Haley. Greg llegaría al día siguiente... y entonces empezaría la lección.

Al día siguiente, Rick salió pronto de trabajar, sintiendo una mezcla de anticipación y miedo. Greg, sin duda, habría acampado en la puerta de su casa, una oportunidad vestida con pantalones de poliéster y gafas de culo de vaso.

Sólo tendría que hacer lo que había quedado en hacer con Haley: buscarle un hombre, como ella misma le había pedido.

Ésa era su oportunidad para darle una lección. Gregory, más que ningún otro, tenía aspecto de freaky. Pero eso era todo. Greg, el irresponsable de Greg, no poseía ninguna otra de las cualidades que Haley quería encontrar en su hombre ideal.

De modo que los emparejaría. Sería una experiencia interesante para ella.

Pero, ¿y si se enamoraba de Greg a pesar de sus defectos? Al fin y al cabo, su primo era un chico de buen corazón.

La sonrisa desapareció. ¿Podía hacer eso sólo para darle una lección? ¿Y podría soportar él esa tortura?

Pero no, Haley no se enamoraría de Greg. ¿O sí? No, claro que no. Haley era una chica lista. Después de salir con Greg un par de veces, se daría cuenta de que no tenían nada en común. Y quizá entonces le daría a él una oportunidad.

Curiosamente, no tuvo que hacer nada para presentar a la pareja. Cuando llegó a casa, encontró una nota en la puerta en la que su primo le decía que pasara por el apartamento de al lado. Aparentemente, Greg ya había conocido a su atractiva vecina.

Cuando Haley abrió la puerta, Rick encontró a su primo comiendo un sándwich, mientras el pobre Sherlock lloraba en el dormitorio.

Greg levantó la mirada, sus ojos brillantes bajo las gruesas lentes.

—Rick, cómo me alegro de volver a verte —dijo, limpiándose las migas del pantalón.

—Hola. ¿Qué tal estás? —sonrió él, estrechando su mano.

Greg hizo un gesto con el brazo, que parecía demasiado largo para su cuerpo.

—Los hijos de mi hermana hacen un ruido horrible. Así que, digamos que agradezco la tranquilidad. Y la compañía, claro.

—Genial —murmuró Rick—. Veo que ya os conocéis. Greg es nuevo en la ciudad, Haley.

Hasta ese momento, ella lo miraba un poco incómoda, preguntándose si estaría enfadado por lo de su madre. Pero no parecía ser así, todo lo contrario.

Entonces se dio cuenta de algo: Rick sonreía porque estaba cumpliendo su parte del trato: le había buscado un freaky.

—¿Así que eres nuevo en St. Louis? Es una ciudad estupenda. Me encantaría enseñártela —dijo, sonriendo dulcemente, como venganza.

—Ah, muchas gracias. Rick no sale por las noches, así que... ¿qué tal si vamos a algún sitio esta misma noche?

—¿Esta noche? Bueno, no sé, si quieres...

Rick se apoyó en la pared, satisfecho, observando el intercambio. Era evidente que no encontraba atractivo a su primo. Pero tampoco parecía interesada en la oferta de su madre. Su actitud hacia él era la misma de siempre. ¿Eso lo satisfacía? No estaba seguro.

Pero hizo que se preguntara qué le habría contado Clara Watson sobre el afortunado número cuatro.

Rick se aclaró la garganta.

—Bueno, Haley, supongo que tu madre te habrá hablado de esa estúpida lista.

—Sí, me ha contado algo —contestó ella, cauta.

—¿Te ha contado cómo eligieron a diez solteros de todos los que viven en St. Louis?

Ella levantó los ojos al cielo.

—Un estudio científico, seguro. No, sólo me ha dicho que todos son especiales, o por fortuna personal o por su aspecto físico —Haley hizo una pausa—. Aspecto físico, fíjate. Bueno, no se puede negar que tú eres atractivo, pero no entiendo cómo han podido decidir quién era el más guapo. Supongo que habrás llamado la atención de alguna mujer que trabaje en la cadena.

—¿Crees que me han elegido sólo por mi aspecto? —preguntó él, sorprendido.

—Considerando que uno de los tíos era millonario... No te ofendas, pero yo diría que sí. Es difícil competir con un millonario, por muy bien que vaya tu negocio de bicicletas.

Dicho eso, se volvió hacia Greg, dejando a Rick boquiabierto. No lo sabía. Seguro que no tenía ni idea de que era el dueño de una cadena de tiendas de informática. Así que... ni había ganado ni había perdido.

Una carcajada de Haley llamó entonces su atención. Rick hizo una mueca. ¿Por qué estaban tan cerca? ¿Y por qué Greg le había agarrado el brazo?

Aunque no podía culpar a su primo. Haley era preciosa, sobre todo cuando reía. Él había salido con mujeres que habían inventado la versión sexy de una carcajada. Otras la escondían detrás de la mano. Ella se reía alegremente, con una risa contagiosa.

Conteniendo el deseo de liarse a tortas con su primo y llevarse a Haley a la cama, Rick carraspeó.

—Bueno, si estás listo, Greg, ¿por qué no vamos a mi casa a llevar tus cosas?

—Ah, sí, claro —asintió su primo, distraído.

Rick abrió la puerta y salió al rellano, pensando que Greg lo seguiría, pero tardó cinco minutos. Y una vez en el rellano, siguió charlando con Haley.

Apretando los dientes, por fin empujó a su primo con muy poca delicadeza, entró en su apartamento y tiró la bolsa de viaje al suelo.

—Haley es genial, tío. Gracias por presentármela.

Rick suspiró, viendo que su plan se venía abajo.

—Mira, quizá esto ha sido un error.

Deberías llamar a Haley y decirle que esta noche no puedes salir.

Su primo se dejó caer en el sofá, con cara de sorpresa.

—¿Y por qué iba a hacer eso? Es muy divertida.

—Sí, claro. Pero, ¿quieres saber por qué va a salir contigo? Porque cree que eres un freaky.

—Un freaky —repitió Greg.

—Eso es. Un freaky, un tío raro, un empollón, un petardo, un pringao. Una rana en un mundo de príncipes azules. Como quieras llamarlo. Pero está buscando uno. Cae en su trampa y te convertirás en un marido freaky.

—No lo entiendo.

Rick le explicó el plan de Haley.

—Mira, no es mala chica. En realidad, es muy divertida, pero está un poco despistada con los hombres. Y yo quiero ayudarla —dijo, encogiéndose de hombros—. Pero tú eres mi primo y no puedo ofrecerle tu cabeza en una bandeja.

Greg se quitó las gafas, las limpió con la camisa y volvió a ponérselas.

—Pues yo creo que por eso precisamente debo salir con ella. Los dos sabemos que no tengo intención de casarme con nadie.

—No tienes por qué, Greg. La verdad, si

quieres que te sea sincero, yo había pensado emparejarte con ella, pero... — Rick se quedó un momento pensativo—. Creo que eso es justamente lo que he hecho, ¿no?

Su primo lo miraba con una sonrisa en los labios.

—Pero no soportas que salga con ella. Estás loco por tu vecina.

Rick se apartó, deseando golpear algo.

—No, está loca. Es cabezota, arriesgada, una esnob a la inversa... Y tiene una madre que ha convertido mi vida en un infierno. ¿Qué podría haber visto en ella?

—Madre mía, estás fatal.

—Sí, estoy fatal —suspiró él, dejándose caer en el sofá.

—Mala suerte.

—Tú lo has dicho.

—Pero si te gusta tanto, ¿por qué no le dices que tú eres el hombre que está buscando? Tú eres más un freaky de la informática que yo —dijo Greg—. Pero nunca has estado tan... cachas. Ponte ropa ancha, quítate las lentillas y usa las gafas. Eso, junto con tu falta de vida social, podría conseguirte una cita con ella.

—No puedo hacerlo. No quiero ceder a ese chantaje. Ella no sabe quién soy o lo que he hecho en mi vida. Y no pienso decírselo hasta que decida que me quiere, tenga el aspecto que tenga y tenga el dinero que tenga.

Greg arrugó la nariz.

—¿Estás seguro? No parece una buena forma de ligarse a una chica.

—No, pero tengo que hacerlo así —Rick miró los pies de su primo, cómodamente instalados sobre la mesa de café—. Supongo que tengo que probarle que no es tan superficial.

—A lo mejor yo puedo ayudarte —dio Greg, pensativo—. Al fin y al cabo, voy a quedarme en tu casa a saber el tiempo...

Rick levantó la mirada, alarmado.

—¿Cuánto tiempo?

—... y vas a conseguirme un trabajo. ¿Por qué no salgo con Haley y convierto su vida en un infierno?

—Lo dirás de broma.

Greg negó con la cabeza.

—Te debo un favor. Y pienso pagártelo saliendo con tu chica.

# Capítulo ocho

DURANTE el resto de la tarde Rick se lo pensó dos, tres y cuatro veces. El plan de Greg era brillante. Un giro sutil e inteligente sobre su propio plan. Pero, ¿no sería una crueldad?

—¿Qué tal estoy? —preguntó su primo, imitando a un modelo de pasarela.

Rick soltó una carcajada.

—Terrible. Horrible. Perfecto.

Greg era una exageración en sí mismo, una recopilación de las peores prendas de su armario que, usadas separadamente, no estaban tan mal. Pero juntas… Haley tendría que ser muy fuerte para ser vista en público con un hombre tan mal vestido.

—¿Sabes cómo vas a actuar? ¿Qué vas a decir? —le preguntó. Tenía la impresión de estar al borde de un precipicio, esperando un empujón.

—Sí, claro —contestó Greg—. Seré yo mismo… un poco subido de tono.

La sonrisa de Rick desapareció.

—No te estarás acomplejando por mi culpa, ¿verdad?

—No, qué va. Tú y yo tenemos una filosofía

diferente de la vida. A mí me gusta disfrutarla y a ti trabajar como un esclavo... Pero también puedo trabajar cuando hace falta. Y trabajaré en una de tus tiendas, te lo prometo —dijo Greg, con una sonrisa en los labios—. Y haré todo lo posible para causarle una terrible impresión a Haley. ¿De acuerdo?

Rick le dio un golpecito en la espalda.

—Si lo consigues, te deberé una. ¿Trato hecho?

—Suena bien.

—Muy bien. Ve a buscar a tu chica.

—De eso nada. Pienso llegar veinte minutos tarde a la cita.

Rick imaginó a Haley esperando y mirando el reloj, impaciente. Todo en nombre de una buena causa, se dijo.


En el apartamento de al lado, Haley miró el reloj por cuarta vez en diez minutos y empezó a dar golpecitos en el suelo con el pie. A lo mejor era un poco antigua, pero debería ser privilegio de una mujer llegar tarde. Por el momento, Greg no le estaba causando una gran impresión.

Un gemido patético llamó su atención entonces y levantó la mirada hacia la escalera. Sherlock estaba encerrado en el dormitorio, pero aquella vez había tomado precauciones para salvaguardar sus tesoros.

Pasaron diez minutos más antes de que sonara el timbre y, con una última mirada a la cabezota de Sherlock, Haley fue a abrir.

Lo que siguió fue la caricatura de una cita en el infierno. Greg insistió en conducir su coche, aparcó ilegalmente frente al restaurante y luego le dio con la puerta en las narices. Ella esperaba una disculpa, pero no la recibió.

Greg vio a una chica con minifalda y se quedó mirándola descaradamente. Haley observaba todo aquello, segura de que enseguida haría una broma. No. El tío se la estaba comiendo con los ojos.

Durante la cena, el primo de Rick no paraba de hablar de las propiedades afrodisíacas de ciertos platos, le servía vino con una sonrisa libidinosa y hablaba incesantemente de otras mujeres con las que había salido. Se consideraba a sí mismo un mujeriego, descubrió, perpleja.

Incapaz de seguir escuchando más tonterías sin soltar una barbaridad, Haley sonrió intentando cambiar de tema.

—¿Cuánto tiempo vas a quedarte en St. Louis?

—¿No te lo había dicho? Voy a instalarme aquí. Y hasta que tenga un trabajo y algo de dinero ahorrado, me quedaré en casa de mi primo.

—Ya veo —murmuró Haley—. ¿Rick y tú siempre os habéis llevado bien?

Greg se encogió de hombros.

—Más o menos. Pero la verdad es que no tenemos mucho en común. Él es un poco aburrido. Yo creo que hay que disfrutar de la vida porque es algo temporal. Como mis trabajos —rió el primo entonces, levantando un brazo para apoyarlo en el respaldo de su silla.

Pero calculó mal.

El codo huesudo de Greg Samuels golpeó las costillas de una desafortunada camarera que pasaba por allí con una bandeja de cafés. En su desesperado intento por sujetar las tazas, la camarera dio un par de traspiés y, finalmente, perdió la batalla, enviando la bandeja y todo su contenido a la mesa de al lado. Haley observó, sin poder hacer nada, cómo el codo de Greg destrozaba la cena de los pobres comensales.

El estruendo terminó en un ominoso silencio. Haley se quedó inmóvil, como el resto de los clientes, mientras Greg se levantaba, intentando disculparse con todo el mundo.

—Lo siento, de verdad… Ha sido sin querer —murmuró, colorado como un tomate, intentando que la camarera se sentara para limpiarle las manchas del uniforme con una servilleta.

Haley intentó verlo desde otra perspectiva. Cierto, él había sido el causante del accidente, pero se había disculpado y actuaba con galantería. También ella se levantó e intentó ayudar a recoger el desastre, hasta que llegaron un par de chicos de la cocina con fregonas y bayetas.

—Siento mucho lo que ha pasado. Si quieres irte, lo entenderé —suspiró el primo de Rick, apenado.

—No quiero irme. Podríamos terminar de cenar —sonrió Haley—. Mientras tengas cuidado con los codos, claro.

Greg rió, aliviado. Durante el resto de la cena hizo un par de comentarios irritantes, pero le parecieron un poco forzados. Haley empezó a preguntarse si su comportamiento era una forma de superar la timidez con las mujeres.

Más tarde, cuando la acompañó a la puerta de su casa y parecía decidido a entrar, lo detuvo con la mano.

—Un momento, Romeo. Me caes bien, lo creas o no.

—¿Pero? —dijo él, levantando las cejas.

—Pero sólo vamos a llegar hasta aquí. Quizá, ahora que eso ha quedado claro, podrías dejar de actuar.

—¿Cómo? —Greg parpadeó tras sus gafas.

Haley se cruzó de brazos, esperando.

—O sea, que me has pillado. Debería haber imaginado que te darías cuenta. Rick también tenía sus dudas, pero...

—¡Rick! Claro. Él te ha metido en esto.

—Sí, pero...

—Y supongo que, siendo tan buena persona como es, te ha dado un par de consejos sobre cómo tratar a una mujer.

—Unos cuantos, pero...

—Menudo maestro —lo interrumpió Haley—. Y supongo que no te dio ninguna lección sobre sutileza, ¿verdad?

—No exactamente...

—Era de esperar. Mira, olvídate de todo lo que te ha enseñado, ¿de acuerdo? Tu primo no tiene ni idea.

Cuando Greg parecía a punto de defender a Rick, Haley lo interrumpió:

—No, da igual. Entra y te diré cómo debe tratar un hombre a una mujer.

Él se quedó parado en el rellano, incómodo.

—Entra —insistió Haley.

Sherlock, que estaba ladrando desde que abrió la puerta, empezó a llorar al ver a su dueña. El pobre se había dedicado a morder la verja que, seguramente, no aguantaría otro envite.

—Calla, Sherlock.

El cachorro se tumbó, colocando la cabezota sobre las patas.

—¿Por que no te sientas, Greg? ¿Quieres una cerveza?

—No, gracias —contestó él, su expresión una mezcla de cautela y curiosidad.

—Al principio no me caías bien, la verdad —sonrió Haley, sentándose en uno de los sillones—. Eras desconsiderado y muy desagradable. Y las continuas insinuaciones hacían que me subiera por las paredes. Pero tú no eres así, ¿verdad? Puede que esas cosas le hagan gracia a alguno de tus amigos, pero no a las chicas. ¿Sabes lo que me ha impresionado de ti esta noche?

Greg negó con la cabeza, sus ojos fascinados tras las gafas.

—Que te levantaras enseguida para limpiar todo lo que habías tirado. Yo creo que ése es el Greg real. A mí me cae bien y le caería bien a muchas chicas. ¿Quieres que te dé un consejo?

—Sí...

—Sé tú mismo.

Él se aclaró la garganta.

—¿Te gustó eso de verdad?

—Claro. No hay nada masculino en ser grosero. Las chicas quieren un hombre que trate a la gente con amabilidad y respeto. ¿No te parece lo normal?

—Sí, supongo que sí.

155

—Estupendo. Entonces, ¿por qué no dejamos lo anterior atrás y empezamos de nuevo?

Greg volvió a abrir mucho los ojos. Parecía un crío sentado en un balancín, a la espera de que su compañero saltase y lo enviara de golpe a tierra.

—Quieres empezar otra vez.

—Eso es. Háblame del verdadero Greg. Sé que eres un mago de los ordenadores —sonrió Haley.

—Un mago no, pero se me dan bien.

—Más que eso, seguro. ¿Qué es lo que haces, crear programas?

Y con eso empezaron una sensata y agradable conversación. Como esperaba, Greg era un chico simpático, aunque tímido. Dos horas después, Haley disimulaba un bostezo, no de aburrimiento, sino de sueño. La noche anterior estaba tan preocupada por la reacción de Rick que apenas había podido pegar ojo.

—Hora de irte a la cama, ¿verdad? —sonrió él.

—Lo siento, es que estoy agotada. Eres un buen chico, Greg... Pero antes de que vuelvas a ponerte en plan Romeo, ésa no es una invitación para que te metas en mi cama.

El primo de Rick soltó una carcajada.

—Gracias por salir conmigo, Haley. Y

siento lo de antes. Supongo que debió ser un rollo para ti.

—He tenido citas peores. Aunque no muchas —rió ella, abriendo la puerta.

—Oye, Haley...

—¿Sí?

—Sé que ésta no ha sido exactamente la cita de tus sueños, pero... ¿podríamos salir otra vez? Juro que intentaré compensarte.

—Pues...

—Y prometo no portarme como un imbécil.

Traducción: hablaría de forma normal, no como le había enseñado su primo. Bueno, al menos con Greg sabía lo que se llevaba.

—Muy bien. De acuerdo.

—Estupendo.

Era un buen chico, pensó. Sería un hermano estupendo, un marido estupendo... para otra. Haley suspiró.

Ella sólo podía pensar en un par de ojos azules que le prometían todo tipo de delicias. Sólo con recordar el cuerpo de Rick apretado contra el suyo, sus labios sensuales devorándola... su corazón se ponía como loco. Traidor corazón.

¿Cómo se atrevía a darle esas terribles instrucciones a su primo?, pensó, enfadada. Tendría que decirle un par de cosas a Rick Samuels cuando lo viera. Pero el vacío que sentía dentro era por algo más.

Su rebelde corazón se estaba rompiendo. No podía soportar que Rick le hubiera dado instrucciones a su primo para seducirla. Después de describirle a su mujer ideal y suplicarle que le diese una oportunidad, Haley había pensado que de verdad le importaba.

Evidentemente, estaba equivocada.

Un hombre que le da a otro instrucciones para ligarse a una chica no podía quererla.

En el apartamento de al lado, Rick paseaba, nervioso, esperando y preguntándose si su plan estaría funcionando. Haley tenía que haber visto ya que estaba en un error. Greg podía tener aspecto de freaky responsable y de buen corazón, pero era tan superficial como un crío.

Cuando la puerta se abrió y su primo entró silbando, Rick se volvió para mirarlo.

—Hola. ¿Sigues levantado?

—Y esperándote. ¿Qué ha pasado? ¿Te ha dado un puñetazo en la nariz?

—No exactamente. Mira, lo siento, sé que te prometí actuar como el mayor idiota que Haley hubiera conocido nunca, pero no pude. Es una chica estupenda. Me gusta. No me importaría nada salir con ella.

—¿Qué?

—He dicho que me gusta.

Rick intentó controlarse y se prometió a sí mismo no causar ningún daño irreparable.

—Ya veo. A Haley no le ha molestado que te portases como un imbécil.

—Sí, bueno, pero… —Greg intentó sonreír—. La verdad es que se dio cuenta de que estaba fingiendo. Cree que soy un buen chico… un chico tímido con las mujeres.

Rick asintió.

—Sí, te he visto hacer de tímido e incomprendido. Eres muy convincente.

Su primo soltó una carcajada.

—Sí, bueno, pero esta vez no era todo mentira.

—Haley cree que eres tímido y tú dices que no estabas haciendo un papel. ¿A quién quieres engañar, primito?

—Bueno, a lo mejor exageré un poco… Era tan comprensiva que no me pude resistir. Pero no estaba lejos de la verdad. Sé que tú piensas que soy un caso perdido, pero yo creo que podría ser un tío estupendo para la chica adecuada.

Rick asintió.

—Y crees que Haley podría ser esa chica.

Greg se encogió de hombros.

—Podría serlo.

—No lo es. Has hecho un papel delante de ella y no es así como se atrae a una chica con la que quieres tener algo serio.

—¿Por qué no? Es lo que tú has hecho.

—No es lo mismo —replicó él.

—Sí lo es. Finges ser quien no eres porque tienes miedo de que Haley se aproveche de ti. Y luego me obligas a hacer un papel para que ella se convenza de que debe salir contigo. Me parece a mí que tú la has engañado más que yo. ¿Y sabes otra cosa? Dices que Haley está llena de estereotipos, pero ¿se te ha ocurrido pensar que a ti te pasa lo mismo? Le has puesto una etiqueta.

—Eso no es verdad.

—Crees que es como una de esas mujeres que empezaron a acosarte cuando supieron que eras rico. No le has dado una oportunidad, Rick. Si eso no es ponerle una etiqueta a alguien, ya me dirás qué es.

Aunque le gustaría estrangular a su primo, Rick tuvo que admitir que tenía razón.


Sí, no se podía caer más bajo, decidió Rick. Allí estaba, espiando a su vecina y a su primo en un bar, una cita de la que él era responsable. Seguía sin creer que hubieran vuelto a verse.

¿Por qué lo hacía Haley? ¿Para despreciarlo? ¿Porque estaba desesperada? En lo único que Rick pensaba era en separarlos.

Suspirando, tomó otro trago de cerveza y dejó la botella sobre la barra.

—Hola —oyó una voz a su lado.

Era una chica guapa a la que no conocía de nada.

—Hola.

Un año antes, podría haber aceptado la invitación que había en sus ojos. Pero ya no.

—¿Puedo invitarte a una copa?

—No, gracias.

—Debe ser muy especial —dijo ella entonces.

—¿Quién?

—La mujer a la que miras tanto.

Rick carraspeó, mirando su cerveza.

—Está con otro hombre.

—¿Quieres un consejo? Si de verdad te importa, no lo mantengas en secreto. Las mujeres tienen un gran problema con los hombres que mienten.

Él intentó sonreír.

—¿Tú crees?

—Lo sé por experiencia. Soy Tawny, por cierto.

Rick la miró, sorprendido. No, no podía ser.

—Gracias por el consejo, Tawny.

Fuera quien fuera, tenía razón. Cuanto más tiempo engañase a Haley, menos oportunidades tendría con ella. Tenía que decírselo, decirle que emparejarla con Greg había sido una malísima idea. Y luego hablarían sobre su trabajo, sobre el pasado, sobre todo.

Cuando se volvía para salir del bar, la chica intentó bajar del taburete y se le enganchó el tacón. Por instinto, Rick la sujetó, pero a ella se le cayó el vaso, que se hizo pedazos contra el suelo.

El estruendo llamó la atención de todos los clientes del bar. Incluidos Haley y Greg, que lo miraban con cara de sorpresa. Haley vio entonces a la chica y si las miradas matasen... Luego le dijo algo a Greg y se levantó.

Rick intentó ir tras ella, pero la tal Tawny estaba agarrada a su brazo, inspeccionando el tacón de su zapato.

Cuando por fin pudo apartarse, vio a Greg saliendo por la puerta. Podría correr tras ellos, pero considerando que Haley vivía en el apartamento de al lado y Greg era su compañero de piso, parecía un esfuerzo absurdo. Los acorralaría en casa.

—De todas las mujeres de St. Louis con las que puede salir, tenía que elegir a Tawny. ¡No me lo puedo creer!

Le habría gustado romper algo cuando vio a Rick con la secretaria de Peter.

Con el rabillo del ojo, vio que Greg iba sujetándose con una mano al asiento y con la otra al salpicadero, como si temiera una colisión inmediata. Haley levantó el pie del acelerador.

—¿Quién es esa chica? ¿Por qué todos los hombres la encuentran irresistible? ¿Y por qué siempre elige a mis...?

Haley no terminó la frase. Rick no era su novio. No lo había sido nunca.

Greg estaba pálido, de modo que levantó el pie un poco más.

—Lo siento.

Él se aclaró la garganta.

—No pasa nada. ¿Quién es esa Tawny?

—Es la mujer con la que mi novio me engañó.

—Ah, lo siento.

—No es culpa tuya que tu primo tenga tan mal gusto.

—No, claro. Pero no te ha gustado nada verla con Rick.

Haley levantó la barbilla.

—No me gusta verla. Punto.

—¿Eso es todo?

—¿No te parece suficiente?

—Sí, claro. Pero ya no está —sonrió Greg.

—Por ahora. Si tu primo empieza a salir con ella, tendré que encontrármela a menudo.

Se le hizo un nudo en el estómago al pensarlo. Si tenía que ver a Rick tocando a esa mujer, no estaba segura de poder guardarse las garras.

¿Qué estaba pensando? Rick no era suyo. Verla le había recordado a Peter y la escena en el despacho. Era eso lo que la ponía tan furiosa. Tenía que ser eso. Además, ahora estaba con Greg. No era perfecto, pero al menos no había mujeres acosándolo por toda la ciudad.

—¿Quieres volver a salir conmigo? —preguntó él entonces.

Haley sonrió, sin muchas ganas.

—Me encantaría.


Unos días después, cojeando ligeramente, Haley entraba en la tienda de bicicletas, con la ropa manchada de barro y a punto de llorar.

—¡Haley! Pero bueno, ¿qué te ha pasado? —exclamó Rick, mirando las magulladuras de codos y rodillas.

—Una combinación de skateboard y ruedas peladas, supongo —suspiró ella—. Apareció de repente y no pude parar. Choqué contra un árbol.

—No te preocupes por la bici. Yo te la arreglaré. ¿Por qué no te sientas y dejas que te cure las heridas?

—No, estoy bien. Tengo vendas en la tienda. Pero la bicicleta...

—Haley, he dicho que voy a arreglarte la bicicleta —la interrumpió Rick—. Ven conmigo y no discutas. No voy a dejar que te vayas de aquí sangrando. Va en contra de nuestras normas.

Suspirando, ella se dejó hacer. Rick la sentó en una silla en la trastienda y buscó el botiquín de primeros auxilios.

—A ver qué tenemos por aquí.

Haley se sentía como una tonta. Bueno, no tan tonta como cuando se encontró en el suelo, con la bicicleta aplastada contra un árbol y las ruedas dando vueltas. A saber cuánta gente le habría visto las bragas. Eso la enseñaría a montar en bicicleta con falda.

Mientras revivía el accidente, Rick limpió los rasguños con agua oxigenada. Cuando hizo una mueca, él sopló suavemente y, a pesar del dolor, Haley sintió un escalofrío en la espalda.

—¿Mejor? —preguntó, con voz ronca.

Ella asintió, sin decir nada.

Con cuidado, siguió poniéndole antiséptico en las rodillas y luego levantó su brazo para inspeccionar la herida del codo. Haley intentó respirar con normalidad y se aclaró la garganta, aliviada, cuando le puso una venda.

—Gracias.

—De nada. Para eso están los amigos, ¿no?

—Sí, claro.

Rick la miró directamente a los ojos.

—La otra noche, cuando te vi con Greg... Os estaba siguiendo.

—Ya veo.

—Y una chica que estaba a mi lado sugirió que no te mintiera.

—Sí, ella sabe mucho de eso.

—Eso es exactamente lo que dijo.

Haley se encogió de hombros.

—Tu vida social no es asunto mío.

Rick se sentó entonces frente a ella.

—Ah, o sea que era la misma Tawny, ¿no?

—No sé de qué estás hablando.

—Sí lo sabes. Por eso me miraste con esa cara. Y como me viste con ella, crees que soy como tu ex novio, que siempre hacía sus mejores trabajos en la oficina.

Haley se puso colorada al recordar el penoso incidente.

—Como he dicho, no es asunto mío. Francamente, estoy muy ocupada con mi vida social. Greg y yo estamos saliendo, por si no lo sabes. Pensaba darte las gracias por habernos presentado. Y como veo que tú también estás saliendo con alguien, mis servicios como casamentera ya no son necesarios, ¿verdad?

Rick no contestó a la pregunta.

—¿Querías darme las gracias por presentarte a mi primo? Creo que te he juzgado mal, no tienes sentido común.

Haley se levantó, indignada.

—¿Cuánto te debo por la cura y por la bicicleta?

Él dejó escapar un suspiro.

—La cura es gratis. Y ya veremos qué se puede hacer con tu bicicleta. Te lo diré cuando esté reparada.

—Muy bien.

—Muy bien.

Haley se dio la vuelta y salió cojeando de la trastienda.


—Sí, yo creo que has conseguido algo, primo —sonrió Rick al ver la pantalla del ordenador. Estaban en su oficina, porque Greg por fin había perfeccionado un programa en el que llevaba algún tiempo trabajando—. Nunca había visto nada parecido.

Su primo sonrió.

—Espero que todo el mundo piense lo mismo.

Rick le dio una palmadita en el hombro.

—Ya verás como sí.

—Por cierto, ¿no tenías libre un puesto de gerente?

—Sí, lo tengo.

—Pues estoy interesado… a menos que

hayas pensado en otra persona.

Él lo miró, sorprendido.

—Le pregunté a Tim si quería el puesto, pero no tiene tiempo. Sigue en la universidad.

—¿Crees que podrías dármelo a mí? —preguntó Greg.

—No sé. Necesito alguien que sepa informática, que se le dé bien tratar con la gente, una persona seria...

Su primo se puso colorado.

—Sé que he sido un irresponsable muchas veces, pero entonces estaba contestando al teléfono. Casi no tocaba los ordenadores.

Rick se encogió de hombros.

—No podía darte un puesto mejor porque jamás llegabas a tu hora.

—Sí, tienes razón —suspiró Greg.

—Pero has llegado a tu hora cada día desde que empezaste a trabajar en la tienda. Sólo han sido un par de semanas, pero has trabajado bien, incluso después de la hora. Eso es nuevo viniendo de ti, una actitud muy positiva. Y debo admitir que eres un genio de la informática.

—¿Entonces?

—Tengo libre un puesto de gerente. ¿Estás interesado?

A Greg le faltó poco para ponerse a dar saltos.

—Mucho.

—Muy bien, entonces el puesto es tuyo. No me falles.

—No lo haré, te lo prometo.

—Espero que eso signifique, además, que pronto te pondrás a buscar apartamento.

—Me iré en cuanto lo encuentre…

—Era una broma, no te preocupes.

Mientras su primo volvía a concentrarse en su programa, Rick se metió las manos en los bolsillos del pantalón, pensativo.

—Supongo que Haley se alegrará de que te quedes en St. Louis.

—Sí, supongo que sí —se encogió Greg de hombros.

—¿Supones?

—La verdad, supongo que se alegrará por mí, pero tampoco creo que se pusiera a llorar si me marcho.

—¿Ah, no?

Su primo lo miró por encima del hombro.

—Bueno, a lo mejor me he expresado mal. Creo que me considera un amigo, pero no creo que vaya más allá. Es una chica estupenda, pero tengo la impresión de que está distraída por algo… o alguien —dijo entonces, girando en la silla—. Te vigila, tío. No a mí. A ti.

—¿Tú crees?

—Si la quieres, a lo mejor tendrías que empezar a hacer algo.

Rick tragó saliva. Su cabeza era un caos. Las posibilidades...

# Capítulo nueve

RICK levantó una mano para llamar, pero la bajó enseguida. Luego volvió a levantarla y, por fin, llamó al timbre. No pudo evitarlo. Tenía que hablar con Haley. Ella se merecía la verdad. Toda la verdad.

Y entonces, tomando prestada una frase de su primo, que cada día le parecía más listo, iba a «hacer algo» con sus sentimientos por esa mujer. Estaba loco por ella. Por sus pecas, por su entusiasmo, incluso por sus absurdos planes. Sólo esperaba que Greg tuviera razón. ¿De verdad lo vigilaba? Rick pensó en esa maravillosa posibilidad hasta que la puerta se abrió...

—Rick —murmuró Haley, mirando la brillante bicicleta—. La has arreglado.

—Sí, no estaba tan mal. Stan te mandará la factura por correo, si te parece. No creo que sea mucho. Pero no quería que tuvieras que ir a trabajar mañana andando.

Haley dio un paso atrás para dejar que Rick metiera la bicicleta en el pasillo.

—Te lo agradezco mucho.

—No ha sido nada. ¿Qué tal la rodilla?

—Bien, sólo era un rasguño. Gracias por tu ayuda el otro día.

—Me alegro de que estés bien —Rick carraspeó, mirando alrededor—. Había pensado sacar a Sherlock un rato, si te parece.

—Ah, estupendo.

Cuando le mostró la correa, Sherlock empezó a hacer círculos, entusiasmado... y obediente. Rick miró al cachorro, tan cooperativo, con algo menos que agradecimiento.

«Venga, chico. No me estás ayudando nada. Si te portas demasiado bien, ella no me necesitará más. ¿No te has comido ningún zapato últimamente?»

—Sherlock ha aprendido mucho. Es un perro muy listo. ¿Te ha dado algún problema?

—La valla de arriba está mordida, pero mis zapatos están mucho mejor.

Él asintió.

—Eso significa que empieza a entender las lecciones. A lo mejor ha llegado la hora de que lo intentes sola.

Haley negó con la cabeza y luego se aclaró la garganta.

—No sé... el otro día se me escapó y tardé un rato en hacerle volver. Eso es muy peligroso. ¿Y si cruza la calle?

Rick la estudió, encantado al ver que no quería romper su conexión con él. O quizá no confiaba en su habilidad para entrenar a un perro.

—Un perro tiene que responder inmediatamente ante una orden así.

—Exactamente. Es por su propia seguridad.

—Por su seguridad —repitió él.

—Eso es —murmuró Haley, sin saber qué hacer con las manos.

—Entonces, seguiremos entrenándole durante un tiempo.

Ella sonrió.

Rick se quedó mirándola un momento y luego tiró de la correa.

—Bueno, será mejor que nos vayamos.

Cuando la puerta se cerró, Haley se apoyó en ella. Estaba actuando como una adolescente con las hormonas alteradas. Muy bien, había tenido un par de sueños calientes... ardientes más bien la noche anterior. Ésa no era razón para portarse como una boba.

No podía olvidar el roce de sus dedos en su rodilla mientras la curaba... En sus fantasías, los dedos subían bastante más arriba de la rodilla. Y lo veía sin los vaqueros ni la camiseta, tocándola por todas partes.

Tenía que olvidarse de eso antes de que Rick se diera cuenta de lo colgada que estaba.

Entonces recordó el día que lo vio con Tawny en el bar. Sólo la sujetaba del brazo, pero le había dolido más que pillar a Peter con los pantalones bajados.

Luego pensó en su conversación en la tienda de bicicletas. No le había dicho que no salía con ella...

¿Cómo podía hacerle eso? Ahora que sabía quién era Tawny, sólo por amistad debería dejarla. ¿No? Rick no podía ser tan insensible.

No, no era insensible. Recordaba la suavidad de sus manos mientras le curaba la herida de la rodilla...

¿De verdad habría estado vigilándola? Esa idea hacía que su corazón se acelerase. Pero no debía ponerse eufórica. ¿Cómo podía confiar en esa vocecita que le decía que Rick era todo lo que ella buscaba en un hombre? Había tantas pruebas de lo contrario: la nota, las mujeres llamando a su puerta, Serena o Selina o como se llamara la rubia, Tawny. Sólo su aspecto físico ya era suficiente para hacerlo sospechoso... o debería serlo.

Tonto corazón, se dijo a sí misma. Tenía que hacer algo si no quería que Rick volviera con Sherlock y la encontrase pegada a la puerta como un sello.

Veinte minutos después, estaba de vuelta, con su perro dando saltos detrás de él.

—¿Qué tal las cosas con Greg?

—Bien. Tu primo es un chico muy majo.

¿Qué tal con Tawny? —preguntó Haley, atragantándose con el nombre.

Rick la miró, en silencio.

—No lo sé. Sólo la vi ese día en el bar.

Haley tragó saliva.

—Eso me suena.

—Es verdad. Estaba sentada a mi lado en el bar, no la había visto en mi vida. Pero me molestó verte con Greg y... no sé, supongo que quise hacerte creer que estaba con ella.

Otra coincidencia explicada. Haley quería creerlo, pero...

—No estoy consiguiendo nada, ¿verdad? —suspiró él entonces.

—No tienes que conseguir nada. Sólo somos vecinos. Yo estoy saliendo con Greg, ¿recuerdas? —dijo Haley, intentando hacerse la fuerte.

—Greg. Claro. Entonces, ¿mi primo es lo que tú buscabas? —sonrió Rick.

—En la primera cita estaba un poco nervioso, pero cuando empezamos a hablar de verdad, me di cuenta de que sencillamente es tímido —contestó ella, recordando los consejos que Rick le había dado a su pobre primo—. Menuda diferencia de los tíos con los que solía salir. La timidez puede ser encantadora cuando una está acostumbrada a los «engreídos e imbéciles que miran a todo el mundo por encima del hombro».

175

Rick no hizo caso del tono hostil.

—Pues me alegro. Entonces, ¿vas a seguir saliendo con él?

—Claro. ¿Por qué no? Yo creo que es un buen candidato, ¿no te parece?

Los ojos azul zafiro se oscurecieron.

—¿Por qué no? ¿Quizá porque no te sientes atraída por él? Sencillamente, cumple los requisitos y eso era todo lo que buscabas: gafas, habilidad con los ordenadores, ropa pasada de moda...

Ella dio un paso atrás.

—¿Cómo sabes que no le encuentro atractivo? Es divertido, listo, formal. Es sincero. Esas cualidades son mucho más importantes que un rostro atractivo o un cuerpo musculoso.

—Entonces, te gusta. Vas a seguir viéndolo.

Haley tragó saliva.

—¿Por qué no?

Estaban tan cerca que podía ver la sombra de su barba y casi sentir el calor de su cuerpo. Y más que nada, el calor de sus ojos, que se habían vuelto casi azul marino. Los dos respiraban agitadamente y Haley estuvo a punto de echarse sobre él...

Pero no le dio tiempo. Porque Rick la tomó por la cintura. Haley habría podido ponerse a llorar de la emoción.

—Yo te diré por qué no —dijo con voz ronca—. Puede que él te guste, pero me deseas a mí.

Mareada por el contacto de aquel cuerpazo, Haley sintió que sucumbía. Necesitaba... Con un gemido ronco, empujó su cabeza para buscar sus labios.

Un masculino sonido de aprobación salió de su garganta mientras la besaba ansiosamente, lenguas y labios buscándose, hambrientos. Sus cuerpos parecían hechos el uno para el otro, en un abrazo irresistible.

—Me gustas tanto —susurró—. Desearía...

—Lo sé, cariño —dijo él, con voz ronca. Metiendo las manos por debajo de su camiseta.

Haley se restregaba contra él, acariciando su espalda y más abajo, el trasero que tantas veces había soñado.

Cuando la ropa empezó a ser demasiado incómoda, Rick empezó a quitársela, primero la camiseta, luego el pantalón, la braguita, hasta dejarla desnuda.

—Rick...

—Calla —dijo él, acariciando su garganta.

En esa caricia, Haley reconoció el temblor de sus manos y el temblor de su alma. Su paciencia, a pesar del deseo que ambos sentían, hablaba de una profundidad de sentimientos que casi temía nombrar.

Hasta aquel momento, había imaginado que sus sutiles curvas decepcionarían a un hombre tan experto como Rick. Pero él exploraba su cuerpo tiernamente, saboreándolo, disfrutándolo. Donde esperaba encontrar fría experiencia, encontró una dulce devoción que silenció sus miedos.

Como si intuyera sus dudas, Rick se quitó la camisa y tomó sus manos para ponerlas sobre la hebilla del cinturón.

Era una invitación a la aventura. Él sonrió, con los ojos brillantes.

Ese reto burlón hizo desaparecer todas sus inseguridades. Haley sonrió, mientras pasaba una uña por la cremallera del pantalón. Rick tragó saliva mientas ella desabrochaba el cinturón y le bajaba después vaqueros y calzoncillos, para mirar su nuevo patio de juegos.

—Oh, cielos...

El panorama era increíble, las posibilidades... enormes.

Rick dejó escapar una risita avergonzada ante tanto entusiasmo.

—Te has puesto colorado.

—Eres una fresca.

—Y a ti te encanta.

—Desde luego que sí —murmuró él, desarmándola con la mirada.

Sonriendo, Haley levantó una mano para tocar su cara. Él la sostuvo con la suya y, sin apartarla, se sentó en el sofá, colocándola sobre sus rodillas.

Ella se sentía expuesta, allí desnuda, en medio del salón. Sus pechos, a unos centímetros de los ojos azules, temblaban.

Con un dedo, Rick trazó un pezón rosado, observando, fascinado, cómo se endurecía. Con suavidad, repitió la caricia y Haley se arqueó hacia él, pidiendo más.

—Dirás que no tengo vergüenza, pero... ¡ay!

Él la tiró en el sofá y empezó a usar la lengua para darle placer. El mundo parecía girar a mayor velocidad y convertirse en un borrón en el que sólo el rostro de aquel hombre era visible.

Para ella, la búsqueda había terminado. Era él o nadie. Ese pensamiento la dejó atónita. Sus manos, que habían estado acariciando la espalda de Rick, inmóviles, como si quisieran parar el tiempo.

Él se apartó un poco, respirando agitadamente.

—¿Haley, pasa algo? ¿Quieres que paremos?

Rick. El guapísimo Rick, el encantador Rick. El arrogante y provocador Rick. Pero en aquel momento en sus ojos había tal ternura que era irresistible. Haley lo abrazó y él enterró los dedos en su pelo, sin dejar de besarla, su miembro quemando la piel de sus muslos.

Cuando la tenía bien sujeta, Rick se echó hacia atrás para acariciarla con los dedos. Haley no podía moverse, no podía hacer nada más que mirar lo que le hacía, hasta que por fin, llegó al corazón de su deseo. El contacto directo, amplificado por el ansia que había en sus ojos, hizo que temblase de pies a cabeza.

Después, la miró con esa arrogancia tan irresistible. Pero cuando intentaba colocarse encima otra vez, Haley se negó.

—De eso nada. Me toca a mí.

—Por supuesto...

Se besaron, riendo, mientras las manos de Haley encontraban su estómago plano, sus caderas, y más abajo.

Por fin, con los ojos brillantes, Rick la sujetó para que no siguiera y buscó algo en el bolsillo del pantalón tirado en el suelo. Sacó un paquetito, que le dio a Haley para que se lo pusiera. Pero hasta eso lo convirtió ella en una tortura.

Cuando por fin estuvieron seguros, la tumbó sobre el sofá, levantó sus manos sobre su cabeza y se enterró en ella. La rapidez de esa invasión la hizo sentir un placer violento que convirtió la risa en jadeos. Haley se convulsionaba íntimamente y su orgasmo excitó a Rick de tal manera que, un segundo después, con una última embestida, cayó sobre ella, enterrando la cara en su cuello.

Poco a poco, el mundo empezó a girar a velocidad normal, como los latidos de su corazón. Pero Haley sintió miedo entonces.

Lo había hecho. Tanto hablar de encontrar a un hombre sólido, serio, un hombre seguro. Ningún freaky le valdría ahora porque allí estaba, sudorosa y desnuda en los brazos del hombre más guapo que había visto en su vida.

Y estaba enamorada de él.

Haley cerró los ojos. Rick iba a dolerle de verdad. Lo sabía. Era sexy, divertido, tierno. Pero, ¿no lo parecían todos al principio?

Como ella sabía bien, el encanto y el atractivo físico podían enmascarar el carácter de un hombre cuando una mujer estaba ciega. Y ella quería que todo en Rick fuese bueno.

Por primera vez en su vida, estaba enamorada, enamorada de verdad y le daba miedo. Algún hombre la había cegado antes, pero el amor por Rick la dejaría ciega, sorda y muda.

—Ay, cuidado... me estás clavando las uñas.

—Perdona, yo...

—¿Qué pasa? —preguntó Rick.

—Nada —contestó ella, buscando su camiseta.

—Pasa algo, está claro. ¿Qué he hecho? ¿Te he hecho daño? Sé que ha sido un poquito salvaje, pero... —Rick se levantó, desnudo como estaba.

Un hombre que se sentía tan cómodo en su propia piel debía haberse acostado con montones de mujeres. ¿Quién era ella para pensar que Rick Samuels sólo iba a querer a una? Las caras de las chicas guapísimas que había visto esperándolo en el rellano aparecieron en su mente. No tenía una sola oportunidad.

—No, claro que no. No me has hecho daño. Es que... —Haley intentó sonreír—. Ha sido divertido.

Tenía que hacer eso. Aunque le rompiera el corazón, tenía que aparentar que había sido sólo un juego. Como seguramente lo era para él.

—¿Divertido? Así que ha sido divertido —repitió él, perplejo.

—Muy divertido. Pero tienes que irte.

—¿Irme? ¿Después de...?

—Me temo que sí. Ya sabes cómo son estas cosas —insistió Haley, tomando su ropa del suelo.

—Haley, tenemos que hablar.

—Ya hemos hablado.

—Pero...

—Esto ha sido un maravilloso... error —dijo ella entonces.

—Un error —repitió Rick, mirándola a los ojos.

Haley tuvo que apartar la mirada. Porque en sus ojos veía... algo que no quería ver.

—Sí —contestó, dándole su ropa y abriendo la puerta.

Rick salió, atónito, y una vez en el rellano, despertó de su estupor. Pero ella ya había cerrado.

—Haley, déjame entrar. Abre la puerta. No puedes dejarme aquí. Después de...

Un gemido ahogado hizo que se volviera.

Una señora mayor lo miraba, con las manos sobre el corazón.

Rick se tapó sus partes como pudo.

—Lo siento, señora.

—¡Si quiere usted enseñarles sus cosas a la gente, vaya al centro de la ciudad! ¡No aquí, donde viven personas decentes!

—Sí, señora.

Nervioso, empezó a ponerse los vaqueros. Con el rabillo del ojo veía a la señora, que parecía tomarse su tiempo para desaparecer por la escalera.

«Un maravilloso error», pensaba, furioso.

¿Qué demonios significaba eso?

¿Qué había hecho mal? Diez minutos antes, todo era estupendo. Ninguna mujer le había afectado como Haley. Se había sentido como un quinceañero con su primera chica y, absurdamente, pensó que ella sentía lo mismo.

¿Podía estar tan ciego? La ternura que había visto en sus ojos, la intensidad... Eso tenía que ser algo más que atracción sexual, ¿no? ¿Habría visto sólo lo que quería ver? ¿Habría visto amor en sus ojos porque se había enamorado de ella?

Aunque no se lo había dicho.

Quizá Haley sólo lo había usado para pasar un buen rato y seguiría buscando a otro para una relación seria. Eso no podía ser. Si estaba en su mano, Haley Watson dejaría de buscar de inmediato.

Sí, tenían que hablar de cosas como su trabajo, y, en fin, la trampa de Greg. Pero eso no era tan importante. Rick sabía que podría convencerla, si le daba una oportunidad.


—A ver si lo entiendo. Te acostaste con Rick y luego lo echaste desnudo al rellano —repitió Jen, incrédula.

Haley hizo una mueca.

—No me di cuenta... de que estaba desnudo. No sé. Me volví loca. No lo hice a propósito.

No, había subido corriendo a su dormitorio para enterrar la cara en la almohada y llorar a gusto. Le habría gustado creer que... pero era imposible.

Aquella mañana, cuando se iba a trabajar, poco después de amanecer para no encontrarse con Rick, oyó que se abría una puerta. Asomó la cabeza y vio a otra chica en el rellano. No sabía si había estado en casa de Rick, pero tantas mujeres, tantas coincidencias.

Era hora de enfrentarse con los hechos y seguir adelante. Rick era como el buen chocolate, que costaba dejarlo. Ella sólo lo había probado una vez, así que quizá podría olvidar...

¿A quién quería engañar? Olvidar a Rick iba a ser imposible.

—Como has tenido tres malas experiencias con unos tíos guapos y rematadamente imbéciles, has decidido que a partir de ahora sólo saldrás con hombres que te aburran y te dejen fría —estaba diciendo Jen—. Entonces, conoces a un chico estupendo, un tío que te hace reír, que está buenísimo y que quiere salir contigo, y lo dejas para salir con el petardo de su primo. Todo por un plan absurdo de príncipes azules y ranas —su amiga sacudió la cabeza, atónita—. Y ahora, te acuestas con Rick... y luego lo dejas porque lo hizo muy bien.

—No porque lo hiciera bien. Bueno, sí lo hizo bien porque tiene mucha experiencia. Ése es el problema. Seguro que ya se ha olvidado de mí —suspiró Haley.

—Estás completamente loca. Mira, me lavo las manos.

Gimiendo ante la posibilidad de haber enfadado incluso a Jen con su estupidez, Haley escapó dedicándose a organizar todas las estanterías.

A la una, la tienda estaba llena de gente.

—¡Haley! Hola, cariño. No sabía si te pillaría aquí.

Haley levantó la mirada al oír la voz de su madre. Pero cuando vio a Clara, y a su acompañante, tuvo que disimular un suspiro.

Su madre iba del brazo de un hombre guapísimo.

—Mamá, no quiero ser grosera, pero...

—Pues no lo seas —la interrumpió ella—. Cariño, estás muy pálida. ¿Te encuentras bien?

—Sí. Es que me duele un poco la cabeza.

—Seguro que no has desayunado. Bueno, no te preocupes, eso lo arreglo yo. Ven, ten invito a comer.

Haley miró al hombre que iba con ella.

—¿Te acuerdas de Adam? Adam Harding.

—Sí, claro. Hola, Adam.

Otra trampa. Había dicho que iba a dejarla en paz, pero no. Por costumbre, se dijo a sí misma: «lo hace con buena intención, lo hace con buena intención».

—Me alegro de volver a verte, Haley. Tu madre dice maravillas de ti.

—Gracias.

—¿Vamos a comer? —preguntó Clara.

—No quiero dejar sola a Jen. La tienda está llena y...

—Puedes irte, no te preocupes —la interrumpió su amiga, que parecía estar deseando librarse de ella.

Haley suspiró. Por enésima vez aquel día.

—Muy bien, vámonos.

Su madre no dejaba de sonreír, pero la sonrisa le tembló un poco una vez sentados en el restaurante.

—¿Que pasa, mamá?

Clara miró a Adam, que sonreía también, un poco más tranquilo.

—Tu madre y yo estamos saliendo. Ella tenía miedo de decírtelo.

Haley miró de uno a otro, atónita. Claro, ahora lo entendía todo. La conversación el día que fueron a tomar un helado, el nerviosismo de su madre...

—Estáis saliendo. Como amigos, ¿no?

—Ya te dije que era muy ingenua —suspiró su madre—. No, estamos saliendo, hija. Y si se te ocurre decir alguna estupidez te juro que te pongo sobre mis rodillas y te doy unos azotes.

—Así que estáis saliendo, saliendo. Pero Adam... ¿cuántos años tienes?

—¡Haley! —exclamó Clara.

—¿No me lo preguntarías tú, mamá? Primero lo llevas a la tienda para ver si me gusta y ahora resulta que sales tú con él.

—No te lo he robado, cariño. Dijiste que no me metiera en tu vida y eso es lo que he hecho. ¿Ahora eres tú la que me da consejos?

—Parece que alguien debería hacerlo.

—Señoras, por favor —intervino Adam—. Mira, yo no quiero ser motivo de discordia entre las dos, pero me gustaría decir algo.

Haley suspiró.

—Sí, claro.

—Tengo treinta y siete años. Trece años más que tu madre.

—O sea, que podría ser tu madre.

—Imposible —replicó Clara, irritada.

Haley levantó los ojos al cielo y Adam sonrió.

—Entiendo tu preocupación, pero ¿has

mirado a tu madre de verdad? Es una mujer guapísima y encantadora. Me gusta mucho estar con ella y la encuentro increíblemente atractiva. Así que estamos saliendo, así de sencillo.

Haley miró de uno a otro de nuevo.

—Por favor...

—¡Haley Marie Watson! Di algo y me enfado.

—No puedo evitarlo. Eres mi madre.

—Si hicieras un esfuerzo, la verías también como una mujer —insistió Adam.

Haley mordió su sándwich mirando a su madre de reojo. La pobre parecía muy disgustada.

—Lo siento, mamá. Es que aún no me había acostumbrado a la idea de que salías con alguien y ahora...

—Lo sé. Y lo creas o no, te entiendo. Pero... ¿se te ha ocurrido alguna vez que sueles categorizar a la gente? Yo soy vieja, él es joven. Nada es tan simple, hija. Tienes que mirar más adentro.

Haley la estudió, pensativa.

—No sé si mirando más adentro voy a poder ver algo diferente.

—Claro que sí. Lo que pasa es que no confías en ti misma. Intenta racionalizarlo, categorizarlo y luego pregúntate qué ves de verdad. Hazle caso a tu instinto. Tu corazón te dirá cuál es la verdad, si le dejas.

Después de despedirse, Haley seguía pensando en el sorprendente consejo de su madre. Una vez en la tienda, tuvo que admitir que sentía cierta envidia.

¿Tendría razón? ¿Podría confiar en su instinto con Rick? Quería creer que le importaba, lo deseaba tanto que le dolía.

No había podido dejar de recordar su ternura, sus caricias. Y cuando sus ojos se encontraron, ese momento en el que él alargó la mano antes de que ella prácticamente le echara de su casa... La conexión entonces había sido tan fuerte como cuando hacían el amor.

Y había sido amor, al menos por su parte. ¿Sería posible que él sintiera lo mismo? Haley decidió que había llegado el momento de dejar de gimotear y descubrir la verdad.

De modo que, murmurando una excusa, salió de la tienda y fue a buscar a Rick.

# Capítulo diez

HOLA, Greg —murmuró Haley, buscando las llaves en el bolso. Greg estaba sentado en el rellano y parecía llevar ahí un rato.

—Se me ha olvidado la llave y me parece que Rick no volverá hasta la noche. Está trabajando en un proyecto nuevo. ¿Puedo quedarme en tu casa hasta que vuelva?

Haley intentó sonreír. Después de ir a la tienda de bicicletas y comprobar que Rick no estaba allí, había ido a casa con la intención de acorralarlo en su apartamento. En fin, tendría que volver tarde o temprano, se dijo.

—Sí, claro, entra.

Sherlock se puso a llorar nada más verla, como siempre. Pero cuando miraba hacia arriba, Haley captó un olor a basura y arrugó la nariz... Ah, los plátanos que había tirado por la noche.

Greg entraba en ese momento y Sherlock se puso a ladrar.

—Siéntate mientras saco a mi perro.

Mirando al animal con cara de susto, el primo de Rick se dejó caer en el sofá.

Haley le puso la correa con una mano y

tomó la bolsa de basura con la otra. Salieron del apartamento, bajaron la escalera... y el gato persa de la otra vez volvió a cruzarse en su camino. Haley habría podido jurar que los miraba por encima del hombro. Sherlock se lanzó hacia su presa y ella acabó aplastando la bolsa de la basura contra su blusa nueva.

—¡Sherlock, para! ¡Para! ¡Para ahora mismo!

Sherlock se detuvo, mirando a su dueña con cara de sorpresa.

Haley, furiosa pero controlada, empezó a hablarle con dulzura para que no renovase la cacería. Y, afortunadamente, consiguió echar la bolsa en el cubo de la basura, dejar que Sherlock hiciera sus cosas en el jardín y volver a su apartamento sin más incidentes.

Una vez en casa, con Sherlock mordiendo alegremente un hueso, Haley se dedicó a su invitado. Greg no dejaba de observar su blusa y, cuando miró hacia abajo, Haley comprobó que tenía una horrible mancha de tomate.

—Otra aventura canina —suspiró—. Sherlock y yo seguimos en ello.

—Rick me dijo que estaba ayudándote a entrenarlo. A él se le dan muy bien los perros.

—Sí, es verdad. De hecho, suele venir por aquí a esta hora para sacarlo un rato. ¿Dices que está trabajando? —preguntó Haley, intentando quitar la mancha de tomate con un paño húmedo, pero sin conseguirlo.

—Sí, pero si ha quedado contigo para pasear al perro, seguro que vendrá. Rick es una persona muy seria.

—¿Tú crees? —preguntó Haley con voz temblorosa.

Greg la estudió, pensativo.

—Te gusta mucho, ¿eh?

—Sería una tontería que me gustase. Ese hombre tiene tantas mujeres haciendo cola que yo sólo sería una más. Lo último que necesito en mi vida es otro mujeriego.

Greg soltó una carcajada.

—Lo dirás de broma. ¿Mujeriego Rick? Pero si hace meses que no sale con nadie.

—Venga ya.

—En serio. Vive como un monje. Su madre me manda aquí de vez en cuando porque tiene miedo de que sea gay.

—¿Qué? —exclamó Haley, incrédula.

—Bueno, estoy exagerando un poco. Me envía aquí porque necesito un trabajo y porque está preocupada por su vida social. Especialmente, después de ese absurdo programa de televisión…

—Sé lo del programa de televisión, pero yo le he visto con muchas mujeres. Esta misma mañana, cuando me iba a trabajar, una de ellas salía de su casa.

—¿De su casa? ¿Una con el pelo negro, los ojos azules y unas...? —Greg hizo un gesto muy descriptivo con las manos.

—Sí, ésa misma.

—Sería Monika. Salí con ella anoche —sonrió Greg, con gesto fanfarrón.

—¿Salió contigo? ¿Por eso me llamaste para decir que no podías salir?

—Sí —contestó él, poniéndose colorado.

—No estarás mintiendo para ayudar a tu primo, ¿verdad?

—¡No! Rick no sale con nadie, te lo aseguro. Está tan loco por ti que no puede pensar en otra cosa.

Haley intentó controlar los latidos de su corazón.

—Si está tan loco por mí, ¿por qué quiso que saliera contigo?

—Bueno, eso es verdad. Pero no es lo que tú crees.

—Venga, Greg. Está loco por mí, pero me prepara una cita con otro chico...

—Está desesperado porque no quieres salir con él. No sé qué me dijo de freakies y ranas...

—¿Te contó eso?

—Somos primos. Hablamos, ya sabes.

—Dime qué más te ha contado —dijo Haley entonces, en jarras.

Acobardado, Greg parpadeó varias veces.

—Mira, yo no debería contarte esto. Dile a Rick que...

—Vas a contármelo ahora mismo.

—Es que no llegaba a ninguna parte contigo y quiso darte una lecc...

—¿Darme una lección? —lo interrumpió Haley.

Él tragó saliva.

—Pensó que, después de salir conmigo, te darías cuenta de que unas gafas no dicen nada sobre un tío. Excepto que tiene problemas en la vista.

—O sea, que esa primera noche, querías ser insoportable —suspiró ella.

—Bueno, me pasé un poco, lo reconozco. Pero el caso es que, sea cual sea mi aspecto, yo no soy el tío serio, comprometido y formal que tú estás buscando. Rick quería que te dieras cuenta de eso.

Haley hizo una mueca.

—Seguro que se partió de risa cuando le dije que eras tímido e inofensivo.

Greg se encogió de hombros.

—Mujer...

—Así que estaba todo planeado. Por los dos.

—Pues... sí.

—Para darme una lección.

Nunca habría sospechado que Rick llegaría tan lejos.

—Planeó todo esto para vengarse. Sólo porque no entendía mis razones para no salir con él.

—¡No! —exclamó Greg, levantándose del sofá—. Bueno, quizá un poquito por venganza, pero no contra ti. Tienes que entender algunas cosas sobre mi primo. Es... bueno, no se le da bien relacionarse con la gente. Es muy bueno con los ordenadores, con las bicicletas, con los negocios. Pero las relaciones sociales no son lo suyo.

Haley rió, incrédula, intentando controlar las lágrimas.

—Lo digo completamente en serio —insistió Greg—. Cuando Computer Nation empezó a ir bien, Rick decidió cambiar de imagen. Aprendió a tratar a la gente, se puso lentillas y empezó a montar en bicicleta para ponerse en forma.

Ella lo miró, confusa.

—A ver, a ver... ¿qué tiene que ver una tienda de informática con la imagen de Rick?

Greg dejó escapar un largo suspiro.

—Rick es el propietario de Computer Nation. La cadena. Está forrado. La tienda de bicicletas es sólo una afición.

—¿Qué?

—Ese programa de televisión dio su nombre como uno de los solteros más deseables

de St. Louis y desde entonces ha estado per-
seguido por las mujeres. Antes no le hacían
ni caso y ahora no puede librarse de ellas. El
olor del dinero, supongo.

Haley respiró profundamente un par de
veces, pero el deseo de matar era muy fuerte.

—A ver si lo entiendo. Rick no quería que
yo encontrase un marido decente porque se
sentía despreciado. ¿Por eso preparó una cita
contigo? Y lo hizo porque está loco por mí,
¿no?

Greg asintió.

—Yo no lo diría así, pero es algo parecido.

—Ya entiendo. Cierra la puerta cuando
salgas. Tengo que hacer unos recados.

—¿Eh? Espera, Haley, ¿no crees que deberías…?

Haley le dio con la puerta en las narices.

—¿… cambiarte de blusa?

Qué poca vergüenza tenía aquel manipu-
lador y engreído gilipollas. Y pensar que se
había creído enamorada de él.

Así que había querido darle una lección,
¿eh? Había elaborado un plan para demostrarle que estaba equivocada.

Y si para conseguirlo la engañaba y la humillaba, mejor. Seguramente esperaba que, después de su cita con el freaky de su primo, una humilde Haley Watson se echaría en sus brazos, suplicándole que se acostara con ella. Y entonces él diría: «Gracias, pero no». Se acabó la clase.

¡Ja! Por encima de su cadáver.

Haley irrumpió en la tienda de informática y miró alrededor. El gusano no estaba en la tienda, si no en la oficina, delante del ordenador. Podía verlo a través de la puerta de cristal.

Rick miraba la pantalla, pero sólo podía ver la cara de Haley, de modo que se rindió. No podía concentrarse. Sólo podía pensar en lo que había pasado con Haley antes de que todo se viniera abajo.

Primero, habían hecho el amor en el sofá. Por primera vez en su vida, le había hecho el amor a una mujer a la que amaba. Amaba a esa chica bajita, llena de energía. Amaba su sentido del humor, la suavidad de su piel, su exuberancia. Recordaba todo eso claramente, como la pasión y el dolor que había visto en sus ojos después. Lo amaba. Tenía que amarlo.

Y había llegado el momento de dejar los juegos y agarrar al toro por los cuernos. Iba a contarle lo del plan que había elaborado con Greg. Dejaría que le diese una patada por idiota y soportaría cualquier castigo porque lo tenía merecido. Luego le diría que la amaba y la deseaba más que a nada en el mundo.

Rick apagó el ordenador y se levantó. Cuando se volvía para salir de la oficina, la puerta de cristal se abrió, golpeándolo en la cara.

—¡Imbécil! ¡Arrogante y engreído imbécil!

—¡Haley! —exclamó él, frotándose la dolorida nariz.

—Así que querías darme una lección, ¿eh? Supuestamente, debía descubrir que tu primo era un chico insoportable antes de echarme en tus brazos, ¿no, querido príncipe?

A Rick se le hizo un nudo en el estómago.

—No es eso, Haley. Te juro que no era eso. Es que tenías una imagen del hombre perfecto que no se correspondía con la realidad. Ni siquiera querías darme una oportunidad...

—¿Y pensaste que manipulándome ibas a conseguirla?

—No te estaba manipulando más de lo que tú pensabas manipular a esos pobres desgraciados de tu lista —replicó él, irritado—. Tíos como Tim y Jared, que no podrían hacer nada contra esos ojos castaños y esas pestañas. Y ni siquiera te gustaban. Sólo estabas jugando con ellos por razones egoístas.

—¿Me acusas de jugar con ellos y luego haces lo mismo para darme una lección? ¿No te parece un poco extraño? ¿Crees que así ibas a probar que sentías algo por mí?

—No, pero...

—Mis métodos pueden ser poco ortodoxos, pero yo no pensaba hacerle daño a nadie. Sólo quería encontrar un hombre en el que pudiera confiar. ¿Qué hay de malo en eso?

Rick abrió la boca para protestar, sintiendo que el futuro con Haley se hundía a sus pies. Pero tenía razón. No quería hacerle daño, pero había sido un arrogante al pensar que tenía derecho a darle una lección.

—Lo siento.

—Greg intentó defenderte. Me dijo que solías ser lo que todo el mundo considera un freaky. Y yo diría que es una pena que hayas cambiado tanto.

Rick se quedó mirándola, sin palabras.

Entonces Haley se dio la vuelta y salió de la oficina. La satisfacción de haber tenido la última palabra esfumándose por segundos. Sólo quería salir de allí y buscar un sitio tranquilo para vomitar.

Ciegamente, corrió hacia la salida... y se le rompió un tacón. Genial. Había destrozado una blusa nueva, se cargaba unos zapatos y acababa de descubrir que era la persona más tonta del mundo. Qué buen día.

—¡Haley!

Era Tim, el chico con el que había salido por primera vez una vez diseñado su plan. Un chico aburrido, pero decente. Que no le gustaba ni pizca. Jen tenía razón. Estaba completamente loca.

—Hola, Tim.

—¿Te encuentras bien? ¡Estás sangrando!

—No, no es sangre, es tomate —suspiró ella—. Perdona, pero tengo que irme —dijo entonces, dirigiéndose hacia la puerta dando ridículos saltitos para compensar el tacón roto.

Cuando se apartaba para dejar entrar a un matrimonio, oyó una voz femenina tras ella:

—¿Quién es?

—Una chica con la que salí una vez.

—¿Dónde la encontraste? —preguntó la chica, muerta de risa.

—Venga, Missy. No seas así. Es una buena chica... un poco rara. Un poquito freaky, la verdad.

Haley salió de la tienda, cojeando, y colorada hasta la raíz del pelo.

Después de que Haley le diera con la puerta en las narices por tercera vez en un día, Rick volvió a su apartamento, derrotado. Debería haber salido corriendo detrás de ella cuando fue a la tienda. Pero no pudo hacerlo porque se sentía culpable.

Y ahora sólo le quedaba suplicarle que le diera... ¿qué? ¿Una tercera, una cuarta oportunidad?

¿Qué otra cosa podía hacer después de haber metido la pata hasta el fondo? No podía abandonar. Era Haley o nadie para él. Sólo podía esperar y seguir intentándolo.

Tenía que hablar con ella. No más secretos, no más manipulaciones

—Hola, Rick —lo saludó una vocecita.

—¿Eh? Ah, hola, Christopher. ¿Qué tal, chico?

Christopher era un niño estupendo. Y muy bueno con los juegos de ordenador.

—Bien. Tommy Corrington me ha invitado a su fiesta de cumpleaños. Van todos los niños de mi clase.

Rick sonrió.

—Me alegro mucho.

—Sí —dijo Chris, mirando la puerta del apartamento de Haley—. ¿Por qué la tía Haley te ha dado con la puerta en la cara? ¿Ya no le gustas?

Rick se apoyó en la pared, agotado.

—Me temo que no. He hecho una tontería y ahora no me habla.

Christopher abrió mucho los ojos.

—Pues debes haberle hecho algo muy gordo porque a la tía Haley le gusta todo el mundo.

—Sí, es verdad. Ahora lo sé. ¿Se te ocurre algo para que vuelva a hablarme?

El niño arrugó la frente, pensativo.

—¡Ya sé! Podría prestarte mi libro de chistes. Haley dice que la gente se olvida de que soy bajito cuando se están riendo. Sólo piensan que soy gracioso. A lo mejor se le olvida que está enfadada cuando se ría de tus chistes.

Rick soltó una carcajada.

—¿Tú crees?

—Claro. ¿Quieres que te lo preste?

—No sé si funcionaría con ella. Está muy enfadada conmigo. Pero gracias de todas formas.

—De nada.

—¡Christopher, hora de cenar!

—Tengo que irme. A mi madre no le gusta que llegue tarde a cenar.

—Sí, será mejor que no la hagas esperar.

—Espero que la tía Haley deje de estar enfadada contigo, Rick.

—Yo también.

Rick observó al niño correr por el rellano.

El libro de chistes de Haley había sido una buena idea. A todo el mundo le gustaba reír y un buen cómico siempre tenía amigos. Una pena que eso no pudiera funcionar con ella.

¿O sí?

—Haley, ¿por qué no te vas a casa? Yo me encargo de todo, no te preocupes —dijo Jen.

Haley miró a su socia, incrédula. La tienda estaba abarrotada.

—Si crees que voy a irme ahora, estás loca. Además, prefiero estar aquí. No me da tiempo a pensar y eso es justo lo que necesito.

—Bueno, como quieras —suspiró su socia, preocupada.

Haley estaba colocando los juguetes que los niños dejaban tirados por el suelo y, cuando se dio la vuelta, se encontró con una mirada familiar... aunque ligeramente desviada.

Detrás de unas gafas de culo de vaso, vio un par de ojazos azul zafiro que ningún cristal, por grueso que fuera, podría disimular. Cierto, la gomina que había usado para el pelo se lo oscurecía un poco, pero hasta eso le parecía sexy.

Una camisa blanca arrugada, una horrible

corbata de color fucsia y unos pantalones de poliéster sujetos por tirantes completaban el conjunto. Ah, y los calcetines blancos.

Rick sonrió.

—Me han dicho que los libros de chistes están rebajados.

—¿Qué es lo que quieres? —preguntó Haley, intentando contener la risa.

—A ti —contestó Rick, alargando la mano para tocar su cara.

Ella dio un paso atrás, apartando la mirada para no dejarse hipnotizar por esos ojos azules.

—Haley, lo que quiero decir es que lo siento. Tenías razón. Actué como uno de los gilipollas engreídos que tú intentabas evitar. Si pudiera borrar el daño que te he hecho, lo haría. Pero no puedo. Así que he aceptado el consejo de un amigo común y he decidido hacerte sonreír. Como ves, ahora soy un hombre nuevo —dijo Rick entonces, parpadeando bajo las gafas.

Haley lo miraba sin decir nada.

—Por favor. No puedo dejar de pensar en ti. Veo tu cara en todas partes, oigo tu voz en todos lados. Me estoy volviendo loco sin ti. Recuerdo tu olor, tu piel… cómo nos reíamos juntos. ¿Recuerdas el patio? Lo pasábamos muy bien juntos, Haley.

Ella tragó saliva, intentando contener el

impulso de abrazarlo.

Recordando la ternura de sus caricias, la intensidad del amor que sintió entre sus brazos y las dudas que siguieron, dio un paso atrás. Le dolía el corazón, pero no podía tocarlo, no podía ceder. Había cometido antes ese error.

—Ni siquiera te gusto, Rick.

—Estoy enamorado de ti. Creo que estoy enamorado desde el día que me diste con la bicicleta en la espinilla. Incluso antes. Te quiero, Haley. Y juro que nunca volveré a mentirte. No ha habido otras mujeres. Eso lo crees, ¿verdad?

Ella asintió con la cabeza. Lo creía. Habían sido sus inseguridades, sus propios prejuicios lo que la hizo ver fantasmas.

—Menos mal. Y lo de Greg… sí, yo elaboré ese plan. Y metí la pata. No sabes cómo lo siento. Si te sirve de algo, no podía soportar verte con él.

—Me sirve. Un poco —dijo Haley por fin.

—No quería hacerte daño y lo siento. Pero todo eso ha terminado. A partir de ahora, sólo te diré la verdad. Nada de trucos, nada de juegos. Quiero que me des otra oportunidad. Si eso significa que debo convertirme en el hombre que tú quieres, lo haré.

Ella lo miró, con el corazón acelerado.

—Haré lo que sea, Haley. Lo que tenga que hacer.

La miraba directamente a los ojos y la pasión que había en ellos la desarmaba, a pesar de lo cómico de su aspecto. Rick la quería, pensó. La quería lo suficiente como para ser el hombre que ella había buscado.

Entonces miró su corbata, de color fucsia, los calcetines blancos... y soltó una carcajada estruendosa. Su risa se mezclaba con las lágrimas.

Cuando pudo respirar de nuevo, le quitó las gafas y encontró esos maravillosos ojos azules que habían aparecido en sus sueños tantas veces. Durante las últimas semanas, había visto esos ojos en todas partes. Y ahora veía amor en ellos.

—No tienes que cambiar. Yo también he aprendido la lección. No eres un freaky, eres mucho más que eso. Eres todo lo que siempre he querido en un hombre. Te quiero, Rick Samuels.

Cuando él la tomó por la cintura para besarla apasionadamente, Haley registró un vago aplauso y las risitas de varios niños. Pero le daba igual. Acababa de descubrir algo fundamental: no le había resultado nada fácil, pero quizá, sólo quizás, había encontrado a su rana.

# Epílogo

CLARA Watson sonreía desde la pantalla del televisor.

—Hoy quiero añadir una coletilla a mi despedida. Como saben, siempre que tenemos información sobre algún tema que haya aparecido en el programa, nos gusta compartirla con nuestro público —dijo, bajando la mirada—. Hace varias semanas hicimos una lista de los diez solteros más deseables de St. Louis.

—¿Pero qué...? —Rick se incorporó en la cama y buscó el mando del televisor.

—Ya sabía yo que una televisión en el dormitorio no era buena idea —suspiró Haley—. No puedo creer que estoy compartiendo mi felicidad post-coital con mi madre.

—Calla —dijo él, rebobinando la cinta.

Haley grababa los programas de su madre todos los días para que no pudiese criticarla. Normalmente lo veía después de cenar, pero aquella noche Rick se había inventado un juego al que llamaba «conectar las pecas». Y estaba segura de que las había conectado absolutamente todas.

—...así que debo informarles que el afortunado número cuatro está ahora prometido con mi afortunada hija —la sonrisa de Clara se hacía cada vez más radiante—. Para que veas, hija, las madres siempre saben lo que hacen. Y otra nota: Hay un nuevo soltero en la ciudad. Un primo del número cuatro, Greg Heinsz, es el nuevo gerente de la sucursal de Computer Nation en St. Louis y, aparentemente, está a punto de patentar un nuevo programa que revolucionará el mundo del software. Será un negocio muy lucrativo para él, así que atención, chicas —Clara se despidió, haciendo su típico saludo con dos dedos—. Gracias por estar ahí, St. Louis.

Haley se sentó en la cama, rauda como un muelle.

—No me lo puedo creer.

—Lo de tu madre es increíble. ¿Cómo se habrá enterado?

—Peligrosa, insidiosa e incorregible —suspiró ella—. Pero te lo estás tomando muy bien. ¡Mi madre acaba de anunciar en televisión que soy yo la que ha cazado al afortunado número cuatro!

—¿Y?

—Y luego ha dicho que tu primo ha diseñado un programa que todavía no está en el mercado. ¿No deberías enfadarte?

Rick sonrió.

—No. La publicidad le vendrá bien. Y en

cuanto al otro anuncio, tengo una gran ida para vengarme.

—¿En serio?

—Sí —contestó él, acariciando su hombro con un dedo—. Podría llamar a esa periodista de cotilleos que se cree una experta en solteros de oro. ¿Crees que es tarde para pedir que publique el anuncio de una boda en su periódico? —sonrió, tomando su mano para besar la alianza que Haley llevaba en el dedo.

—Así nos vengaríamos de mi madre al mismo tiempo —dijo ella, malévola. Sabía que su madre se emocionaría tanto al saber lo de la boda que el anuncio sólo la irritaría profesionalmente—. ¿Sabes una cosa? Para ser un tío tan macizo, a veces eres muy inteligente.

Riendo, él la envolvió en sus brazos y procedió a demostrarle alguno de sus talentos. Haley rió también. Provocar a Rick era una de sus diversiones favoritas. Suspirando, cerró los ojos para disfrutar, mareada de amor y embriagada ante la idea de un final feliz.